凡卓斯

PROFILE

- 身分：式神
- 式神等級：N級

傳說中的「淫亂之魔」，外表妖豔俊美，但個性百依百順。平時總是無意識散發出勾人魂魄的魅力，讓羅娜無法抗拒其甜蜜的邀請（？）。

皇后

PROFILE

⚜ 身分：御主

「塔羅」組織的女性首領，總是戴著華麗的白色面具，散發一股冷冽強勢的氣質。組織內無人見過其真面目，出現在眾人面前時，會手持一把與「薔薇王者權杖」極為相似的權杖。

GOBOOKS
& SITAK
GROUP©

GOBOOKS
& SITAK
GROUP©

三日月書版

三日月書版

volume.04
帝柳
Illust.
JNE*靜
少女王者
of Rose King
輕世代
三日月書版
FW314

C O N T E N T S

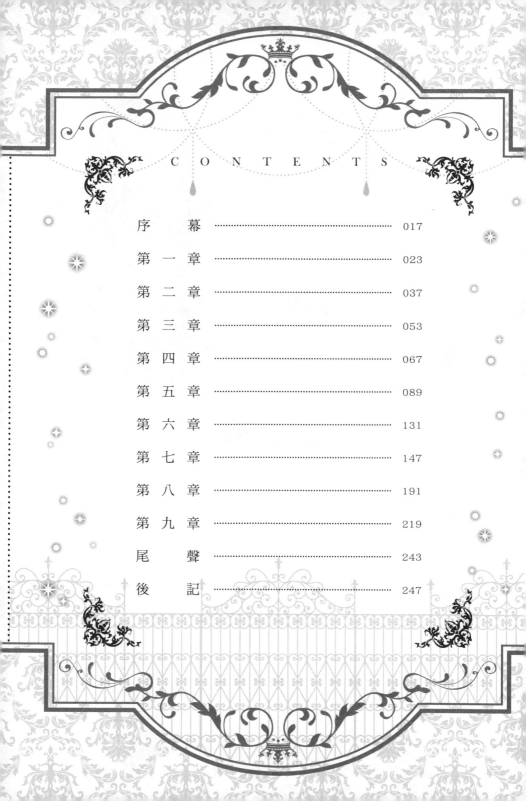

羅娜

PROFILE

- ⚜ 身分：御主
- ⚜ 從屬式神：巴哈姆特、法哈德

帥氣的十九歲美少女，個性好強，感情方面意外遲鈍。
為了進入聖王學園，努力扮演清純可愛的「娜娜醬」，但總是不知不覺暴露本性。

巴哈姆特

PROFILE

⚜ 身分：式神

⚜ 式神等級：R級(SSR級)

羅娜的從屬式神，原本是SSR級的強大式神，後因某些緣由降為R級。
依靠俊帥霸氣的外表收獲不少迷妹粉絲，實際上是一隻喜歡調戲羅娜的老色龍。

法哈德

PROFILE

- 身分：式神
- 式神等級：SSR級

編號001的人造人，由羅娜的父親所創造，名字源於阿拉伯語的「豹子」。
被靈人界稱為「漆黑的深淵魔王」，喜歡稱呼羅娜「我的百合花」。

星滅

PROFILE

- 身分：御主▶式神
- 從屬式神：緋色戰狼(曾經)

偽裝成普通學生「蔣冽」，真實身分是影狼族後裔，在複賽中被法哈德殺死。
個性調皮惡劣，喜歡調戲羅娜，總是稱呼她為「娜娜醬」。

賽菲

PROFILE

⚜ 身分：御主

實力強勁，以第一名的傲人成績通過聖王學園入學考。
說話毒蛇，個性高冷驕傲，似乎把羅娜當成有趣的小動物。

宥娜

PROFILE

- 身分：御主
- 從屬式神：宮本次郎

長相神似羅娜，實力強大，性格冷漠毒蛇似乎和羅娜的父親有著不一般的關係。

所羅門

PROFILE

⚜ 身分：御主

聖王學園的校長。
外表英俊、性格神秘，受到眾多女同學的喜愛。

序幕

Scepter of Rose King

點著一盞小檯燈，鵝黃色的光暈照在小女孩充滿稚氣的臉龐上，她睜著水汪汪、圓滾滾的雙眸，躲在被窩裡只露出一顆頭來，注視著床邊拿著故事書的中年男子。

「今天，爸爸跟妳講一個關於海妖的故事。」

男子將視線從故事書上移開，轉向面前正盯著自己的女孩身上。

「海妖？是很恐怖的妖怪嗎？」女孩眨了眨眼，雖是這麼問，純真的口吻中卻沒有半點害怕。

「有人說可怕，也有人說不可怕，但不管哪一種，這都是一個悲傷的故事。」

「悲傷的故事？」女孩又納悶地提出疑問，歪頭看向她的父親。

「海妖有兩個版本的故事，一個是三頭蛇身的賽蓮，一個則是之前妳也聽過的美人魚。」

「小美人魚嗎……對耶……為了心愛的人化為泡沫，她的結局好可憐喔……」

女孩眼簾低垂，小小的臉蛋上浮現出一股哀傷，隨即又重新提起精神看著爸爸，問道：「那賽蓮呢？」

「賽蓮啊，是一個半人半妖的女海妖，有人說她上半身是人下半身是魚尾，也有人說她的下半身像鳥一樣。不過呢，爸爸比較傾向她的下半身是魚，就跟妳心目中的小美人魚一樣，而且她是個海妖，感覺魚的形象更貼近她……啊，抱歉，爸爸會不會說得太深奧了？」

聽到父親的詢問，女孩搖了搖頭：「不會喔，爸爸我沒那麼笨啦！」

「哈哈，也是，妳可是羅教授的女兒，一定是個聰明的孩子。」男子伸出手摸了摸女兒的頭，滿意地笑了笑。

「吶吶，所以賽蓮的故事呢？」女孩催促地問道。

「賽蓮其實是三個姐妹的統稱，她們長得極為美麗，在海岸邊透過美妙的歌聲來吸引航海者們的注意。」

女孩的父親接續說：「在希臘神話中，海妖的祖先海洋女神，與愛與美的女神阿弗洛狄忒打賭勝出，阿弗洛狄忒不得不按照事先的約定，使海洋女神的後代都具有超乎尋常的美貌，足以讓大地上的所有人類都為之著迷。但是女神是善妒的，她無法忍受海妖跟她擁有一樣的魅力，所以這股無處發洩的怒氣讓她心生報復的念頭。」

女孩的父親說到這裡，刻意地壓低嗓音：「女神詛咒海妖永遠得不到愛情，但愛情卻是海妖畢生都在努力追求的事物……」

「海妖姐姐好可憐喔……就只是因為長得美麗就要被詛咒嗎？我長大以後絕對不要成為像女神那樣的人……」女孩聽聞海妖的遭遇後，忍不住這麼說道。

「羅娜是我的寶貝女兒，爸爸相信妳絕對不會變成那樣的人。」女孩的父親肯定地回應。

「那之後呢？海妖姐姐又怎麼了？」

「在那之後，海妖三姐妹就只能在海岸邊唱著悲傷的歌謠，那些令人心碎的曼妙歌聲吸引了不少水手，其中有一名叫奧德修斯的男子，讓海妖中的大姐一見鍾情。」

「但是……她們不是被女神詛咒了嗎？這樣還會有王子跟公主的幸福結局嗎……」女孩聽到這裡，隱隱察覺出結局並不像童話故事那般美好，神情黯淡地說道。

「羅娜啊，我聰明的女兒……沒錯，由於得不到奧德修斯的愛，海妖大姐最後選擇了投海自盡……」

故事說到這裡，女孩的父親神色凝重，他也和女兒一樣流露出難過的神情。

「爸爸……為什麼要告訴我這麼悲傷的故事呢？」

過了好一會，被詢問之人才用複雜的表情說出答案：

「那是因為……海妖的故事，也是爸爸的故事。」

第一章

Scepter of Rose King

聖王學園　紅薔薇校區　螺旋樓接待大廳

前方講臺的大型投影銀幕上，出現一張長方形的卡牌。卡牌緩緩地旋轉，卡面上則繪有女海妖的圖騰。

在場的學生一臉茫然錯愕，他們看著周圍的武裝保全們忙著分頭搜查，其中不時傳來「區主任還沒來嗎」「到底是什麼東西駭進我們的投影系統」等等諸如之類的聲音。

大廳現場一片混亂，唯有羅娜比任何人都還要清楚答案。

羅娜沒有忘記這個曾經見過的圖騰，因為那不僅帶給她許多破碎與心痛的回憶，對她來說，更是必須刻骨銘心記住的線索。但她萬萬沒想到，竟會在此時此刻再次見到這惡夢般的圖騰。

「這到底是怎麼回事啊……羅娜同學？」

安莎莉和其他同學一樣感到不安，只是她突然發現身邊的羅娜似乎陷入了自己的世界一般，不知在想些什麼，呆滯地站在原地。

「啊、啊抱歉，我一時分了神……」被安莎莉的叫喚拉回現實後，羅娜這才有些愣愣地回應對方。

「羅娜同學，妳是想什麼想得這麼入神？現在可不是讓妳杵在這裡的時候喔，我們應該要想想該如何一起和校方應對這個局面……」

「我知道，我想……我可能比校方還要了解海妖圖案背後的含意……」

「妳知道？妳怎麼會知道？」安莎莉一臉訝異地眨了眨眼，看著正在若有所思的羅娜。

「這個以後我再找時間跟妳解釋……總之，若和我想的一樣，這起事件恐怕會非常棘手……但是，這也是可以更接近真相的絕佳機會！」

羅娜咬著大拇指指甲，焦慮地思考著這個問題。

這是她可以調查當年真相的大好機會。

無論只有一個主謀也好，或是關聯著一整個組織也罷，這背後絕對隱藏著不惜殺害她全家也要達成的某種目的！

若不是如此，他們又何必潛入聖王學園，甚至還用這種大張旗鼓的方式宣告自己的存在？

「妳想做什麼就放手去做吧，羅娜。」

巴哈姆特的聲音突然出現在羅娜腦海裡，口吻肯定又穩重，僅僅只是這麼一句話，在短短幾秒內就讓羅娜有種被鼓舞的感覺。

巴哈姆特，她的龍王式神，跟隨她最久、總是在身邊守護著自己的人，果然最懂她的心思了。

「妳拚命考進聖王學園，不就是為了追查真相嗎？既然如此，妳還在等什麼？」巴哈姆特接續道：「放心吧，妳身邊可是有三名式神在守護著妳呢。」

雖然只聽到聲音，但就像看到他本人站在面前一樣，羅娜彷彿可以看見巴哈姆特在說這句話時自信瀟灑的笑容。

「嗯，我明白了。確實不即刻付諸行動的話，我之後一定會後悔的！」

羅娜下定決心後，她隨即對著安莎莉說：「小安，我離開一下，若有人問起，就說我有事先走了。對了，妳知道我的手機號碼吧？要是這邊有任何狀況，就馬上打給我！」

「什麼？等等，羅娜同學妳打算做什麼……」

安莎莉來不及問清楚，也沒能阻止對方，只見羅娜一個轉身，趁旁人無暇注意她時迅速離開。然而，除了安莎莉外，還有一人無意間看到了羅娜的行動。

賽菲的視線順著羅娜的背影望去，在他向來冷冰俊俏的臉上，出現了那麼一絲在意。

「對方究竟會藏身何處……」

羅娜跑離大廳後，開始在螺旋樓內找尋可疑分子。一路上不只有她，那些武裝保全比她更焦急地想找出背後的始作俑者。

只是到目前為止，不管是保全人員還是羅娜都沒看到半個可疑人物。說實在，她也不知道自己這麼做到底對不對，但總覺得不能坐以待斃，必須要積極主動地找出造成這現況的凶手。

第六感告訴羅娜，對方應該還在螺旋樓裡。雖然沒有直接的證據，但羅娜就是相信自己的直覺。

就在這時，放在口袋裡的手機震動了起來，羅娜趕緊拿出來一看，只見上面顯示的來電名稱為「安莎莉」。

「小安，接待大廳那邊有狀況嗎？」接通手機後，羅娜馬上詢問另一端的安莎莉。

「投影銀幕上，剛剛傳出一段話，雖然畫面還是海妖圖案，但……」

「講重點！」

「好、好的，總之根據影片播放出來的訊息，造成這一場騷動的，是一群自稱『塔羅』的組織。他們的目的，就是要聖王學園交出抽選式神的方法！」

「抽選式神的方法？他們要那個做什麼？該不會……是想用這種方式得到更多式神？可是得到更多式神究竟是為了……啊啊啊，現在不是想這個的時候啊！羅娜醒醒！」羅娜煩躁地抓著頭告訴自己暫且別再深究下去。

「羅娜同學，我想說的是，如果塔羅想要得到抽選式神的方法，那麼他們應該正在前往某個地方。雖然不曉得妳是為了什麼原因而行動……但若想阻止他們，或許可以去試一試！」

「雖然我有很多地方想吐槽，但現在時間緊迫，妳還是快點告訴我是什麼地方吧！」

儘管納悶為何安莎莉會知曉此事，不過羅娜實在沒有多餘的時間再追問細節。安莎莉會知道，應該跟她在花嫁系、和校長關係良好的姐姐有關吧。

「其實，我並不清楚抽選式神的方法，但我知道那需要有儀器配合才行，而那輔助的儀器就在螺旋樓的地下室中！」

「螺旋樓的地下室嗎？知道了，我這就去！」

「羅娜同學請小心！總覺得那個叫『塔羅』的組織不好惹……有本事招惹聖王學園的人可不多啊……」

「我會的，謝謝妳啦，小安！」

給予安莎莉一個肯定的答覆後，羅娜便掛斷電話，立刻展開行動。她當然很清楚「塔羅」是什麼樣危險的組織，兒時的慘劇至今仍是她無法抹滅的傷痛。可是就算如此，她仍要追查下去！

「原來讓父親跟母親命喪火海的……是叫『塔羅』的組織啊……」羅娜壓低嗓音喃喃自語，她下意識地握緊拳頭，一股沉積許久的怨恨彷彿要從胸口滿溢而出。

「如果是真的，我一定會讓你們付出代價……」咬緊牙根，羅娜如此發誓。

只是她沒有讓仇恨蒙蔽了雙眼，她知道越是接近真相，就越要冷靜處置。

一路加快腳步來到螺旋樓的地下一樓。一到此處，羅娜馬上倒抽一口氣，趕緊躲了起來。

好多人！

才一出樓梯口，羅娜就見到數量之多的武裝保全守在入口處，個個神情嚴謹，持槍走動巡邏。雖然這些武裝保全應該不至於對穿著制服的學生動手，但羅娜也不想被逮個正著。要是被抓到了，恐怕會直接被遣送回大廳，搞不好事後還會遭受校方的處罰。

果真像安莎莉所講的那樣，「塔羅」要的東西應該就藏在地下一樓，尤其有這麼多武裝保全看守，讓羅娜更加確定情報的真實性。

「喂，我說你們有誰可以支開那些保全嗎？或者提出什麼別的方法？」羅娜轉而向體內的三名式神詢問。

在這種情況下，單憑她的能耐，是不可能獨自趕走這些守衛保全。

「這很簡單啊，娜娜醬，把他們全都打倒不就得了？」首先回答的人是星滅，但他的回答立刻讓羅娜翻了個白眼。

「你是暴力狂嗎？那些盡忠職守的保全又沒做錯什麼，為什麼要打倒他們啊？何況他們並非只有非靈人，其中也有部分靈人的存在？就算真的打起來，我們也不保證有勝算吧？」

「哎呀，還是娜娜醬有頭腦。」被羅娜這麼一說，星滅半開玩笑地如此回應。

「其他人呢？有辦法嗎？」

本就不指望星滅那小子能提出什麼正經有用的辦法……羅娜轉而問向另外兩人。

「誘餌，這是我目前想到的唯一辦法。」法哈德回答了羅娜的問題。

「誘餌？」

羅娜眉頭一挑，開始認真聆聽法哈德接下來要說的話。

「只有營造出目標人物離開此處，那些武裝保全的注意力才會被轉移。我的百合花啊，這樣妳才有機會潛入內部。」

「話雖如此，以我對你的了解，當你提出這個主意的時候，應該也想到相應的配置了吧？比如說，由誰去擔當誘餌？」

羅娜很清楚法哈德的為人，倘若沒有周全的計畫，法哈德不會向她提出這個建議。

「誘餌方面，我建議由星滅去執行。」

法哈德此話一出，羅娜的腦海裡馬上冒出一道反駁的聲音。

「為什麼是我啊！你這傢伙是不是看我不順眼才這麼說？要讓我去做最危險的工作！」星滅的怒吼充斥著羅娜的腦袋。

「既然知道是最危險的工作，難道你希望由你心心念念的娜娜醬、我們的御主去執行嗎？」

「唔！這、這當然不能啊……可是你和那頭老龍王怎麼不去當誘餌！」被法哈德這麼一說，星滅的立場立刻有些動搖，隨即又把矛頭指向法哈德和巴哈姆特。

「現在是你這個臭小子計較的時候嗎？雖然本龍王不是很想這麼說，但那頭豹子會選擇你，一定有他的道理。」巴哈姆特說得有些不甘願，但他明白自己說的都是事實，「法哈德，你就把理由說出來吧。讓那乳臭未乾的小子心服口服。」

收到巴哈姆特的點名後，法哈德便道：「之所以讓你擔當誘餌，是看中你身為影狼族的特性與優勢。雖然你現在已經變成式神，但影狼族天生敏捷的行動力就連我也不得不稱讚佩服。加上先前百合花跟我提起過，比起正面對決，你更適合暗殺。」

法哈德接續說：「擔當誘餌不需要和保全正面衝突，你只要負責將他們引開，就可以回到御主身邊。你敏捷的行動力比起我和巴哈姆特更適合躲避敵人。如何？這麼解釋你還滿意嗎？」

「這個嘛……」

實際上，星滅早已無話可說。法哈德的說法實在太有說服力，明擺在眼前的事實，讓星滅即便很想抗拒，卻也說不出半句反駁的話。

「吶，我說星滅。」一直沒有出聲的羅娜，這時終於開了口，用帶點撒嬌懇求的口吻對星滅說：「你就不能為了人家去當一下誘餌嗎？拜託你了嘛。」

「唔！我、我明白了！我就接下這個重責大任了！因為這是娜娜醬特別拜託我的啊，我怎麼能推脫呢！」星滅先是一愣，在被羅娜用嬌滴滴的聲音央求的當下，他的心臟彷彿狠狠漏了一拍。

「為了娜娜醬，我絕對義不容辭！那些人就交給我吧！」在斬釘截鐵、氣宇軒昂地說出這句話後，羅娜感覺到星滅瞬間離開她的體內，立刻跑去執行任務。

星滅離開後，羅娜背過身去，面向陰影處，嘴角陰冷地一笑並豎起大拇指：「搞定。」

「這果然才是狡猾的羅娜啊……」彷彿可以看到巴哈姆特板著死魚般的眼神，吐槽著羅娜的表情。

「現在，我們就等星滅的好消息吧！」

隨後，羅娜分別召喚出巴哈姆特和法哈德：「你們兩位隨我一起潛入，這計畫應該沒問題吧，法哈德？」

「倘若星滅有好好執行誘餌的任務，應該是沒問題的。」

「很好，那我們相信星滅吧！」

在羅娜說完後沒多久，本來聚集在前方的保全們突然動了起來，開始往某個方向狂奔而去。

「看來星滅已經成功將保全的注意吸引過去了……我們必須把握時間才行！」

羅娜明白星滅只是暫時將人支開，倘若保全發現星滅只是個誘餌後，就會立刻趕回地下一樓。她清楚此刻分秒必爭，不僅要躲開保全人員，還要盡可能地阻止「塔羅」達成目的。

趁著入口處無人看守，羅娜帶著巴哈姆特和法哈德迅速溜了進去。前方的景色就像是進入了一座地窖，沒有窗戶也沒有任何學園會有的人文氣息，只有一種似乎要牢牢守住某樣東西的固若金湯跟密閉幽暗。

隨著羅娜往前深入，兩旁掛在石磚牆壁上的火把便自動點燃，就像有感應裝置一般，一有人來就用火光照亮道路。

羅娜有點難以分辨那究竟是科技還是類似靈力的應用？

不過，現在並不是觀察這些的時候，羅娜沒有放慢腳步，心裡想著為何還沒看見放置輔助儀器的地方？

就在她疑惑之時，前方終於出現了一扇偌大的門扉。

「就是這裡了吧……」

「等一下！」就在羅娜要打開眼前這扇門扉之際，一旁的巴哈姆特卻阻止了自家御主。

「怎麼了嗎？」羅娜皺起眉頭，一臉困惑地看向巴哈姆特。她心中有些小小的不安，因為巴哈姆特向來不會這般唐突地阻攔自己。

「門……似乎已經被打開過了。」巴哈姆特壓低嗓音，一臉肅穆地對著羅娜說道，同時將目光看向正前方的門扉。

羅娜順著巴哈姆特的視線望去……前方的門扉確實已經微微開啟了一條小小的縫隙。

羅娜不是傻子，她很清楚這代表什麼意思——要不是東西已然失竊，就是她要找的凶手已經身處其中。

她屏著氣息，小心翼翼地推開眼前的門扉，緩緩地走了進去……

第二章

Scepter of Rose King

「這條項鍊中間的那顆紅寶石，據說是從『薔薇王者權杖』上摘下來的。妳知道嗎？聽說『薔薇王者權杖』上有七顆寶石，各自擁有不同的屬性。」裡頭傳來一道男性的嗓音，語氣輕鬆自若，不知道正在和誰說話。

僅管羅娜在踏進房間前，就做好了心理準備。但突然聽到有人在裡頭說話，她還是暗暗地吃了一驚。

隨著她的進入，看似平凡無奇的房間內，有無數的監視器鏡頭對準正中央一個透明的玻璃櫃。然而，羅娜注意到那些監視器像是停止了運作，本該代表運轉中的、閃爍的紅色警示燈沒有亮起。除此之外，在玻璃櫃周遭也布滿了警報器，但這些警報器和監視器一樣都呈現停機狀態。

出聲的男子就站在玻璃櫃前，難道是那傢伙將監視器和警報器都關閉了嗎？他又是怎麼做到的？

對方怎麼看都不像是聖王學園裡的教職人員啊……

直覺告訴羅娜，在她面前的這個男人非常危險。她嚥下一口口水，觀察著對方的模樣。

男子梳著一頭俐落的金色短髮，一身白色西裝卻搭配著一件腥紅色披風。

「哎呀，看我看得入迷了嗎？這可真是罪過呢……羅娜同學。」伴隨著輕佻的話語，身穿紅色披風的男人從容地轉過身來，面向站在門口的羅娜。

「你……知道我？」

羅娜愣了一下，沒想到竟從對方口中聽到了自己的名字。她感到十分疑惑，一來，是為何對方會知道自己的身分？二來，難道說此人早就預料到她會前來嗎？

無論是哪一點，羅娜都絕對不能大意！

這時，羅娜注意到了，當對方轉過身來面向自己的時候，她在那人的西裝外套上看到了一個胸針——一個印著海妖圖騰的胸針。

「當然，妳可是『皇帝』的女兒啊……沒想到會在這種場合下和妳碰面呢，羅娜。」對方笑笑地回答羅娜。他有著一張充滿狡猾氣息的臉孔，雖說看起來頗為英俊，但在羅娜眼中，那張笑臉毫無半點真誠。

「果然……你是『塔羅』的人吧。」羅娜下意識地握緊拳頭，努力讓自己的聲音保持鎮定。實際上，她卻相當激動，想到這一路上追尋著各種線索，拚命考進聖王學園，終於接觸到了當年疑似殺害自己父母親的組織「塔羅」裡的成員。在這種情況下，羅娜怎麼能不緊張？

可是她必須強忍這份快滿溢出來的情緒，面對這樣的人，羅娜絕對不能輕舉妄動。

「哎呀，忘了跟妳先自我介紹呢。」先是做出一臉懊悔的表情，隨著話音一落，此人忽然消失在羅娜眼前。正當她覺得困惑時，她的左手邊赫然出現一道聲音。

「妳好，我是『塔羅』裡的成員，代號『魔術師』，和妳父親曾是一起工作的同事，請多多指教。」

在羅娜措手不及之際，這名自稱「魔術師」的男人突然從手中變出一朵豔紅色的玫瑰花，彷彿紳士一般遞給羅娜。

待羅娜反應過來，馬上向後退了幾步，與對方拉開距離。見此，對方又笑了笑道：「紅玫瑰妳不喜歡嗎？那麼……」

魔術師轉瞬消失，他再次出現在羅娜跟前，左手伸到羅娜的臉頰旁彈指一聲。

「唔！」

原以為自己就要被對方攻擊，沒想到……

「白百合喜歡嗎？」從羅娜的臉頰旁抽回了手，指尖夾著憑空變出的一朵白色百合花，男子微笑地問道。

「應該是喜歡吧？我記得你父親以前創造的人造式神，好像喜歡用『百合花』來稱呼妳呢。」

聽到對方這麼說的當下，羅娜的瞳孔微微收縮，驚訝之餘，聽到腦海內傳來法哈德的聲音：「御主，請勿受到此人挑撥。此人雖與羅教授有幾分同事之緣，但我與他並無任何關係。」

似乎怕羅娜聽了對方的話語而產生動搖，讓這陣子好不容易爭取到的信任出現裂縫，法哈德急切認真地對著羅娜解釋。

「我明白，我並沒有因為他說的話胡思亂想。」

「很正確的反應跟判斷。」

在羅娜回應後，法哈德這才稍稍放下心來。

「請別靠我這麼近，魔術師先生。」總算稍微恢復鎮定，羅娜板起臉孔對著面前的魔術師道：「你的意圖，就是要竊走那條項鍊吧？」

雖然不清楚「塔羅」背後的目的，但多虧安莎莉的情報，她大抵猜到了這條項鍊就是用於式神抽選的輔助儀器。

不管對方奪取項鍊到底有何用途，她都要盡可能地不讓「魔術師」得逞！

「真是不好意思，我靠得這麼近，是不是讓妳的心裡小鹿亂撞呢？至於那條項鍊……啊，其實我只是想摘下來，戴到妳纖細漂亮的脖子上而已呢。」

「誰信啊！你們到底在打什麼主意？為什麼要偷走這條項鍊！」

羅娜最討厭花言巧語的男人了。這名「魔術師」每每開口都讓她感到拳頭很硬、很想出手揍人。

「這個……當然是我們首領為了實現理想的工具嘛。那個計畫本來都快完成了，都是『皇帝』……也就是妳的父親壞了大事，才害得我們首領必須想辦法彌補……」「魔術師」稍稍退後了一點，手中的白色百合花不知何時消失無蹤，他刮了刮自己的下巴，若有所思地說出這番話。

「我的父親……壞了你們的大事……？」羅娜眉頭一皺，狐疑地盯著面前的「魔術師」問道。

倘若真如這個人所言……那麼父親被「塔羅」滅口的動機就成立了。只是，她的父親究竟做了什麼，才會招來殺身之禍？

而「塔羅」布局已久的計畫又是什麼？

父親為什麼要破壞他們計畫？

「妳知道我的代號為什麼是『魔術師』嗎？不只是我會一些令人驚嘆的小魔術，在塔羅牌裡，魔術師這張牌的其中一項意義——代表著同儕與兄弟手足。」

「你到底在說什麼……？」

到目前為止，羅娜完全感受不到對方有任何一絲殺意。如果對方真有想要攻擊她的意圖，不可能到現在都還沒行動。雖說反派通常死於話多，可羅娜並不覺得這個人想要傷害她。再說，「魔術師」剛剛的那番話，她雖然聽不太懂，卻頗為在意。

「我是魔術師，和妳的父親多少有著同儕情誼……我最大的讓步，就是把這條項鍊悄悄帶走，盡可能不傷害妳。」

羅娜從對方的臉上，看到一絲轉瞬即逝的感傷。雖然她無法百分之百確認「魔術師」所言真假，但無論如何，她都不能掉以輕心。

「還真是會說大話，難道你不覺得我會打倒你並阻止你帶走項鍊嗎？」

羅娜彈指一聲，兩名身形高大的雙王式神瞬間現身，分別站在羅娜的左右兩側，一股懾人的強大氣勢撲面而來！

「皇帝的女兒啊……這種不怕死又愛挑戰的個性還真是遺傳到他了呢……但妳知道嗎？妳和妳的父親一樣，這種性子都是替自己找麻煩而已。」「魔術師」搖了搖頭，嘆氣一聲，話語中除了無奈感慨之外，還帶有一點冷冽的殺意。

「我相信父親會背叛你們，一定有他的理由。而我，永遠相信他。」不被對方的話所左右，羅娜正色地板著臉孔，一手扠腰道。

身為父親的女兒，羅娜明白父親的為人處事，她或許不清楚爸爸在「塔羅」裡的所作所為，也不明瞭他背叛組織的原因……可是羅娜很確定，她的父親、人們口中的羅教授、製造出第一位人造式神的天才科學家，絕對是個善良之人。

就算加入「塔羅」也好，父親肯定是發現了組織的目的違背了他的良知，才會選擇退出，卻也因此招來了殺身之禍。

無論是過去或現在，羅娜都是這麼確信著。

「是非對錯……並不是像妳這樣一知半解的人可以斷定的。雖然我也很想跟妳多聊一些過去的故事，但這可不像魔術師會做的事呢。」一手攤開，聳了聳單邊的肩膀，「魔術師」接續道：「時間所剩不多，校方的人應該很快就會趕來現場，我可沒那個時間繼續跟妳敘舊下去了。」

「魔術師」再次彈指一聲，一眨眼人便消失無蹤，瞬間移動到放置項鍊的玻璃櫃前。

「這條項鍊，我要定了！」

就在「魔術師」伸出手要觸摸面前的玻璃櫃之際，一道黑影赫然直衝向他！下一秒，便擊中「魔術師」懸停在半空中的右手！

「打中了！」羅娜握緊拳頭叫著。

方才那一道黑影，正是她身旁的法哈德發出的攻擊！

以往她幾乎不曾讓法哈德直接上場作戰，畢竟信任感這種東西不是一時就能建立。今天會特別召喚法哈德和巴哈姆特一起上場，一方面是這段時間，羅娜認為法哈德應該是可以相信的；另一方面，既然「魔術師」提到了法哈德，最好驗證這兩人之間是否有什麼不為人知的內情的方法，就是讓法哈德出手攻擊對方。假設法哈德和「魔術師」真有什麼關聯，常理上來說，她應該會從法哈德的攻擊中看出端倪。反之，也能從「魔術師」採取的應對方式，察覺出是否有問題。

只是前一秒羅娜還在開心攻擊命中目標，下一刻臉色卻突然垮了下來……

她眼睜睜地看著「魔術師」的手化作一片片紅色玫瑰花瓣，隨著他一個轉身，原先那隻應當被法哈德擊中的手竟毫髮無傷，並且手中已然握著那條紅寶石項鍊！

「這怎麼可能……」羅娜難以置信地微微睜大雙眼，緊蹙著眉頭。

「這招式還真是熟悉啊……法哈德的『深淵之刃』，對吧？」

看著自己完好如初的手，「魔術師」微微一笑，就好似剛才的攻擊不曾發生過，甚至還說出了應當只有身為御主的羅娜，以及法哈德才會知道的招式名稱。

在「魔術師」說出招式名稱時，法哈德眉頭一蹙，神色略微糾結。

「真的好久好久沒看到我們的魔王大人出手了，真是懷念啊。我說法哈德，跟在羅娜身邊會不會太浪費了？要是你想回來……『塔羅』隨時都歡迎王者回歸喔。」「魔術師」抬起頭來，將視線從自己的手上移開，轉而投向法哈德，用充滿誘惑的口吻對他發出邀請。

羅娜正準備說些什麼，一旁的法哈德卻伸手阻止了她。羅娜看向法哈德，映入她眼簾的側臉，是既溫柔又堅定的神情。

看著法哈德的側臉，羅娜一時間有些愣住。她眨了眨眼，靜靜地聽著身邊這名綁著淺紫色髮辮、渾身上下都散發一股神祕魔魅氣質的男性式神，用低沉且穩重的嗓音回應「魔術師」：「我不會回歸——因為我本就從未加入。」

此話一出，法哈德直視對方的眼神也沒有半點閃躲或虛心。

不知為何，注視著這樣的法哈德，即便平時與法哈德仍保持一定距離的羅娜，心跳竟不自覺地跳得飛快，呼吸也在短時間內變得有些急促。

「搞、搞什麼啊羅娜……妳清醒點……」羅娜悄悄別過頭去，壓低音量小小聲地碎念著。

一旁的巴哈姆特注意到羅娜的變化，立刻嫌惡地皺起眉頭，嘴裡低聲念著：「這個笨蛋花痴御主……」

不過，他口中那位「笨蛋花痴御主」顯然是聽到了他的吐槽，猛然抬眼狠狠地瞪了巴哈姆特一下。

「真是可惜，本來以為聰明如你，會懂得識時務……太可惜了，虧我們家首領一直很想念你呢，法哈德。」魔術師聳了聳肩，連連嘆息幾聲，好似真心替法哈德感到惋惜。

「這些廢話就省下了，法哈德，你能替我阻止那傢伙對吧？」

羅娜一點也不想多聽那人和法哈德之間的對話。除了覺得十分煩躁以外，現在的局面對她來說是分秒必爭。

「沒問題，我的百合花。」

「那個……別再叫我百合花了……」羅娜有些尷尬地回應法哈德。

「深淵之刃，第二式，深淵重力——」

在接收到羅娜的指令後，法哈德再度揚起手。只見他迅速地在朝魔術師所在的方向一揮，一道黑影瞬間發射而出，化成烏鴉向前衝鋒飛去！

「我可不會栽在這隻小鳥身上的，別小看我啊！」

魔術師迅速地跳起身，雙手一攤，剎時間憑空變出許多撲克牌，宛若紙牌陣般團團將他包圍！

在撲克牌的包圍下，天空中俯衝的烏鴉射出無數如利刃般的黑色羽毛攻擊都被擋了下來。

眼看法哈德的攻擊完全無效，羅娜不禁有些緊張地握緊拳頭，很快就聽見前方傳來魔術師的聲音：「都說了不要小看我啊，你們是傷不了我的。與其浪費時間跟我纏鬥，何不直接讓我將東西帶走呢？」

「我是不會就這麼放棄……」

羅娜話還未說完，身邊的法哈德突然伸手輕輕地擋在她面前。這個動作讓羅娜有些納悶地抬起頭來，看向這位高大的深淵魔王。

「我的百合花，用不著這麼緊張。」

「法哈德……？」

聽到法哈德用低沉渾厚的磁性嗓音這麼說時，羅娜眨了眨眼，困惑地注視著那張充滿魔性魅力的俊美側臉。

「等待，耐心一點。」沒有多做說明，法哈德只是用平靜從容的口吻說出這句話。

「嗯？你那氣定神閒的表情是怎麼回事……」

不只羅娜覺得不解，對面的魔術師也察覺到法哈德的異樣，他皺起眉頭，正想找出哪裡不對勁之際——

頓時，魔術師所站之處、他雙腳底下的地面竟凹陷塌落！

「這、這是！」

魔術師訝然地低頭察看，圍繞在他身邊的紙牌陣瞬間瓦解散落。

「『深淵重力』是這個招式的名稱，你沒有好好記住我說過的話啊……魔術師。」

「深淵……重力……難道這就是重力的力量……！」魔術師恍然明白，他睜大雙眼，難以置信地看著從容應對的法哈德。

「你以為剛剛射出的羽毛只是單純的攻擊嗎？不，雖然那些羽毛你確實完美地擋下了，但是……」法哈德將手指向前方的魔術師，嚴肅說道：「羽毛還能用來布下施展重力的結界！」

當謎底揭曉，無論是法哈德身旁的羅娜，還是此刻深陷其中無法逃離的魔術師，都對法哈德投以出乎意料的眼神。

「放下手中的項鍊，束手就擒吧，魔術師。」法哈德歪著頭，眼神冷酷地看著前方在重力之下難以動彈的魔術師。

「哈……這是看在我們舊情分上給的忠告嗎……？」魔術師雖然咧嘴笑著，仍掩飾不了他陷入苦戰的狼狽。

「沒有這回事。我的心，自始至終都只屬於我的百合花、我的御主。」法哈德用沉穩的聲音，一字一句都像是不可輕易撼動般，說出這句讓羅娜不禁心跳加快的話語。

「哈……還真是會說話呢，魔王大人。聽我一句話，這種口出甜言蜜語的男人可不能輕信唷，小羅娜。」魔術師有些嘲諷地笑著說道，他的手仍緊抓著項鍊，即便到了這個地步仍不打算投降。

羅娜察覺到這點，不禁心想，為何對方還不願鬆手？都被法哈德用重力困住了，怎麼還不願意妥協？

「塔羅」的人會有這種氣概嗎？為了任務，即便死也不放棄？

感覺不對……那傢伙給她的感覺，並不是會勇敢赴死、壯烈成仁的類型……難道說……

「法哈德，小心點！總覺得那傢伙還有什麼隱瞞著我們！」

羅娜謹慎地對法哈德告誡著，收到訊息的法哈德則臉色一沉。

第三章

Scepter of Rose King

羅娜對於自己的判斷，向來有十足的把握——當她認為有問題的時候，通常十之八九都會是不太美好的結果。

法哈德注視著自家御主，深吸一口氣後回答：「那麼，就加快動作，先將那傢伙擒住……」法哈德一邊說著，眉頭仍維持深鎖狀態。他心知羅娜說得沒錯，以他過往對魔術師的了解，確實不像是會沒留一手的人……

「哈，來不及囉。」就在法哈德準備動手之際，魔術師卻笑了。

在他說話的同時，忽然有道身影從後方赫然闖入，直接強硬粗暴地將陷在重力中的魔術師拽了出來！

「是誰！」羅娜對著前方貿然衝出的人影大喊，再度全身警戒！

「好險啊……再慢一點我就要被活捉了……」魔術師先順了順身上的衣裝，接著壓了一下頭上的高帽，「你會不會太晚登場了呢——『戰車』。」

轉過頭去，魔術師看向剛剛將他從重力之中拉出來的人物，代號「戰車」的壯碩男子。

「戰車……塔羅成員的代號嗎……」

羅娜愣愣地看著前方在一瞬間逆轉局面的人物。在她眼前，代號「戰車」

的男子外表高大壯碩，一身冷鐵灰色鎧甲，僅僅露出一對冷冽的雙眼，以及綁得整整齊齊的金色長馬尾，全副武裝的模樣確實和他代號相當符合。

即便「戰車」到目言為止還未說出任何一句話，卻已讓羅娜感受到他那遠比魔術師還要強大的威壓。

「『戰車』……這個人不好對付……沒想到塔羅居然還派了另一名成員來，是有多想竊走那條項鍊……」

法哈德說出讓羅娜聽了更為神經緊繃的話，此刻他的視線都集中在「戰車」身上。

「那個叫戰車的傢伙……你知道他的能力或底細嗎？我們……有勝算嗎？」

「戰車，算是塔羅裡的武力擔當。」法哈德深吸一口氣接續說：「誠如他的代號——『戰車 The Chariot』，象徵著意志、自律、勝利……與空虛。」

「勝利與……空虛？」羅娜困惑地皺了一下眉眼，她不懂這兩個詞放在一起是什麼意思。

「我無法解讀塔羅牌的牌義，但就我對『戰車』的了解……他是一個會透過戰鬥不斷追求勝利、用一次又一次的勝利來填補空虛的男人。」

「原來是這麼一回事……不行，就算是這樣，我們也不能讓他們得手！」

羅娜先是低頭沉思了一會，抬眼一看，只見魔術師似乎打算開溜，她馬上對法哈德下令：「那個魔術師要帶著項鍊逃走了！法哈德我們必須快點阻止他！」

「戰車，我先走，這裡就交給你了。」

魔術師彈指一聲，忽然從上方降下一條繩索，像是要把魔術師拉上去一樣。

「不行！」

眼看魔術師就要順利逃出，法哈德正想衝上前制止，下一秒卻見戰車已經早一步來到法哈德跟前！

法哈德倒抽一口氣，他睜大雙眼看著名為「戰車」、全身覆蓋武裝盔甲的男人直勾勾地瞪著自己。

「唔！」還未來得及出手，一條金色的物體迅速朝法哈德脖子直竄而來！

「法哈德！」在旁目睹一切的羅娜，驚駭地大喊一聲，她簡直難以相信，「戰車」竟用那種東西當作武器。

「咳、咳咳……！」

下一刻，法哈德被「戰車」用他那垂放在頭盔之外的金色長馬尾一把勒住脖子，難以呼吸！

法哈德的臉色逐漸轉為青紫、嘴唇發白，雖然是人造式神，卻擁有和一般人一樣的感官，被勒住脖子的感受同樣痛苦至極。

「法哈德……不行！巴哈姆特你先去攔阻魔術師！」羅娜趕緊轉而向巴哈姆特下達指令。她實在太大意了，原以為敵人只有魔術師一人，想讓法哈德獨自應戰，順便測驗法哈德對自己的忠誠。可是，她萬萬沒想到，塔羅居然還留有一手，半路殺出那個名為「戰車」的程咬金。

她更沒料想到，「戰車」居然如此強悍。那傢伙可是個人類啊，沒想到卻能和SSR等級的法哈德對戰，甚至還占了優勢！

「現在才想到本龍王，妳這蠢女人太信任那傢伙了！」

巴哈姆特化為龍型，振翅朝魔術師的方向飛去。雖然龍型的樣貌體格嬌小，看似毫無殺傷力，平時巴哈姆特非常排斥以這模樣見人，但現在分秒必爭的時候他也顧不得這些了。

「哎呀，我說小羅娜，妳是不是忘了什麼？」魔術師抓緊繩子往上升空，即便面對已經快飛到眼前的巴哈姆特仍毫無畏懼。

被這麼突然詢問，羅娜先是愣了一會，接著像猛然想到了什麼，緊張地對著巴哈姆特大喊：「巴哈姆特快退開！」

「什麼……」

聽到後方傳來羅娜竭力的叫喊，準備要對魔術師發動攻擊的巴哈姆特，在回頭的瞬間，身體也同時僵化。

下一秒，巴哈姆特就像失去動力的飛機一般，硬生生地從半空中直直墜落。

「巴哈姆特！」

羅娜彷彿要撕裂肺腑的叫喊強而有力地傳了過來，巴哈姆特聽得一清二楚，身體卻不聽使喚……特別是他的胸口感到一陣窒悶，一切彷彿停擺般動彈不得。

對了……

他的心臟……

好像在方才那一瞬間……停止跳動……

這到底是怎麼回事……

「你究竟對巴哈姆特做了什麼！你的式神到底做了什麼！」羅娜趕緊跑到巴哈姆特身邊，焦急地看著倒地的巴哈姆特。她氣憤地抬起頭來對魔術師咆哮——正確來說，是對魔術師的式神怒吼。

都怪她。

都怪自己沒有早點想到魔術師會召喚出式神！

從和魔術師交手開始，那傢伙都沒有召喚過他的式神，一度讓羅娜誤以為對方是一個沒有專屬式神的靈人。

自己為何在對上塔羅的戰鬥中，總是慢了一步或者粗心大意……造成現在這局面，都只能怪羅娜自己！

她很清楚，對魔術師發怒，頂多只是發洩，她沒想過會從魔術師口中得到任何回應。

她現在到底該怎麼辦才好？

此時此刻，法哈德被「戰車」牽制，巴哈姆特又動彈不得，加上星滅也還未歸來……她要怎麼做才好？

「可惡……」羅娜氣憤地咬著下唇，自責到幾乎要咬破自己的嘴唇。她腦海裡有個聲音，不斷責罵著自己為何會鑄下如此大錯。

「我的式神——紅心騎士。其能力是撲克牌裡的一種遊戲玩法，叫作『心臟病』。如何？看到妳的小龍王變成這樣也快心臟病發了吧，小羅娜？」半空中傳來了魔術師的聲音。羅娜紅著眼眶，眼白充滿血絲地看著魔術師叫喚出來的式神、對方口中的「紅心騎士」。

「紅心騎士」有著全身純白的外表，像被白布覆蓋住臉孔與身體，唯有胸前印著一朵紅心圖騰，外貌看起來相當怪異。

「心臟……病？」羅娜愣愣地回頭看向倒地不起的巴哈姆特，眼神中透露出徨恐與不知所措。

雖然不知道是怎麼回事，但這個招式叫「心臟病」，是不是指魔術師的式神讓巴哈姆特的心臟停止了？

可是，那又是如何辦到的？

方才那一瞬間，她根本看不清「紅心騎士」對巴哈姆特做了什麼！

「好好跟你家的小龍王道別吧，我也要跟你們說再見……嗯？」正準備透過繩子爬出地下樓層的魔術師，眉頭忽然間皺了一下。

當他終於意識過來的時候，一發子彈已經擦過他的左臉頰，濺出一道血跡。

沒有槍聲，也沒有任何徵兆，魔術師就這麼突然被一發劃過的子彈擦傷臉頰！

原以為這樣就結束的魔術師，忽然發現前方憑空乍現數發子彈，正朝他近距離直射而來！

「這、這是怎麼回事……糟了！」

魔術師趕緊手忙腳亂地重新召喚出紙牌陣包圍自己，擋下這些致命的子彈。但他慢了一步——持有項鍊的那隻手已被其中一發子彈射中，頓時鬆了開來。

「項鍊！」

眼睜睜看著項鍊即將墜落地面，羅娜還在抉擇到底要不要離開巴哈姆特身邊，沒想到另有一道身影快速跑過她的身邊，一把接住下墜的項鍊！

羅娜睜大雙眼愣愣地看著那個手握項鍊之人——

「賽……賽菲同學？」語氣裡滿是不敢置信的情緒，映入羅娜眼簾的，是賽菲一如既往的冷靜姿態。

賽菲一手握著項鍊，一邊緩緩地轉過頭來對著羅娜說道：「羅娜同學，妳差點釀成大禍。」

賽菲冷冷地看著羅娜，這時羅娜才注意到他另一手握著一把銀色短槍……

難道說，剛剛用子彈射傷魔術師的人就是賽菲？

羅娜還搞不清楚狀況，一旁本在與法哈德僵持的「戰車」突然收手，迅速地借助旁邊的建築物跳到魔術師身旁，一把抓住了繩子。

「看來是我小看你們了……聖王學園的學生真是不容小覷呢。」魔術師搖了搖頭，嘆口氣道：「我說戰車你很重耶，這樣繩子會斷掉啦……什麼？你說把我踢下去就不會斷了？哎呀呀真是凶殘的傢伙……」說罷，魔術師彈指一聲，不知從哪冒出一群白色鴿子，齊心協力地叼著繩子，將兩人帶離現場！

「不會讓你們逃走的。」賽菲立即舉起手中的銀槍，往魔術師等人逃走的方向開了一槍。

轉瞬間，一隻鴿子應聲掉落，但除此之外，再無其他。

「哼……被他們逃跑了嗎……」看著地上的鴿子轉化為一張撲克牌，賽菲眉頭稍稍一蹙便收起了槍。

「賽菲同學怎會來到這裡……」

羅娜還是一頭霧水，她對賽菲這個人不甚了解，只知道他是以第一名的傲然成績考進聖王學園的優等生，除此之外，她幾乎不認識這個人。

對於賽菲的出現，羅娜一點頭緒也沒有。只是當她腦袋還有些混亂的時候，一道帶著些微痛苦的呻吟拉回了她的注意力。

「唔……心、心跳恢復了嗎……」

有氣無力的聲音來自巴哈姆特，這一聲立刻將羅娜的目光重新拉回他身上，羅娜著急地問：「老龍你沒事吧！你剛說心跳恢復是怎麼回事？」

看著巴哈姆特從龍型漸漸變回人類，他側躺在羅娜的大腿上，臉色蒼白，額前沁著斗大的汗珠，這副模樣讓羅娜不禁感到十分心疼。

「剛剛……接近魔術師的瞬間，心臟好像莫名停止了……本龍王也不清楚是怎麼回事……」

「『心臟病』，這是他的式神對你使出的招式……原來是讓目標的心臟停止跳動嗎……老龍王，你還有其他不舒服的地方嗎？」羅娜先是回想了一下當時巴哈姆特遭受攻擊的情景，再轉而關切巴哈姆特的身體狀況。

「啊……如果妳的大腿能繼續讓我多躺一下……大概好得更快了。」

「你還是去死好了。」羅娜一把推開巴哈姆特，雙眼呈現死魚般的眼神。

「妳沒事吧？抱歉，我的百合花，是我的無能才讓局面變成這樣……」法哈德朝羅娜走了過來，一臉愧歉地對著羅娜說道。

羅娜搖了搖頭：「這不是你的錯，法哈德，是我小看了塔羅。」

「羅娜……」

看著羅娜，法哈德的神色有些凝重，他似乎想開口再多說什麼，卻被一旁的賽菲打斷：「夠了，你們主僕之間的溫情戲碼要演到何時？」

被賽菲這麼一說，羅娜便轉過頭去反問對方：「賽菲同學，你還沒回答我的問題，你怎麼會在這裡？」

她心想，賽菲絕對不是偶然來到這裡的。一般學生不會知道這個地下空間的存在，她也是靠著有內線情報的安莎莉才得知。

難不成……賽菲同學也有情報來源？

才剛這麼一猜想，羅娜的猜測馬上就被賽菲打臉：「我是追著妳而來。」

「欸？」

羅娜愣了愣，追著她而來……這又是在演哪一齣啊？

優等生賽菲……難不成有痴漢屬性？

「別誤會，我不是貪圖妳什麼才會追來。我只是覺得妳的行動總是特別愚蠢，以防萬一我才跟了過來。果然，如我所預想的一般。」賽菲冷冷地看著羅娜，口氣一如平時地冷冽與孤傲。

「是是是，我就是犯了蠢，這次我無話可說……所以，你覺得我行動有異跟了過來，然後在最後緊要關頭出手相助，我的理解對嗎？」羅娜微微瞇起眼睛，反問著對方。

「隨妳怎麼想。」賽菲一手環抱著自己的身體，一邊指著方才魔術師等人逃脫的方向，「現在的問題是，妳讓那些人逃走了，該如何跟校方交代？」

「唔……這不能算是我的錯吧？若沒有我前來阻止，你也救不到那條項鍊不是嗎？」

羅娜先是被說得有些啞口無言，不過比起讓塔羅的人逃走，對她來說更棘手的是要如何跟校方解釋自己追來原因吧？

只是那個賽菲到底在跩什麼啊？

不過就是個撿便宜的人……

「若不是我，妳不僅讓人逃了，連項鍊也拿不回來，不是嗎？」

「這……」再次被反嗆得說不出半句話，羅娜只能握緊拳頭，努力消化滿腔的不甘。

在羅娜不知該如何回應時，校方人員也終於趕到現場，一群武裝保全先後湧入，還有一道身影走在後面指使保全們工作。

羅娜一看，指揮保全的不是別人，正是身穿一套充滿禁欲色彩的黑色軍服、身材高大挺拔、時刻梳著俐落油頭、眼神如鷹隼般銳利的斯巴達教官。

「斯巴達教官？怎麼會是他？」羅娜眨了眨眼，有些意外。很快地，她的目光就和斯巴達對上。

「羅娜同學、賽菲同學，現在跟我走一趟。」一如既往板著嚴肅的臉孔，用著那渾厚、讓人不自覺膽寒的聲音，斯巴達教官朝羅娜和賽菲招了招手。

羅娜嚥下一口口水，一股寒顫從腳底迅速地竄上腦門。雖然早有心理準備……但真正面對的時候，還是忍不住感到緊繃。

究竟……等在她和賽菲前面的，會是怎樣的局面？

第四章

Scepter of Rose King

聖王學園的校長辦公室，位於中央核心的聖薔薇中心。一般來說，身為學生的羅娜，理應沒什麼機會能夠踏進這個區域。

聖薔薇校區是聖王學園的心臟地帶，所有的辦公人員和設施都在這裡，占地雖然是四大區域中最小的一塊，卻是整個聖王學園資金設備投資最多的地方。

不僅校安保全完備，各項辦公專用的軟、硬體也十分齊全，與其說是校區，這裡看上去更像是高級的商辦大樓區。

一般來說，聖王學園的學生不會來到這裡，除了兩件事。一是家長偕同學生來找校方投訴，另一種……就是通知學生退學的懲處。

羅娜嚥下一口口水，在跟著斯巴達教官前來的路上，她已經不知深呼吸了幾次。她很清楚自己絕對不是前者……因此，是不是就只剩一種可能？

冷靜點。

羅娜妳必須冷靜點。

再怎麼說，她也是為了保衛校園安全才這麼做，校方應該沒理由開除她的學籍才是。

「如果她敢開除娜娜醬的話，管他是什麼聖王學園的校長，我一定會把他暗殺掉！」星滅的聲音出現在羅娜腦海中，早些時候，他已經重新回到羅娜的體內。先前也確實如羅娜猜想，星滅為了擺脫那些緊追不捨又纏人的保全，費了好一番工夫。

只是羅娜一點也不想聽星滅是如何成功擺脫保全，她現在更想擺脫身邊的這位斯巴達教官。即使雙腿正往校長室前進，她的心卻無比抗拒。

原以為校長室會在其中一棟辦公大樓之內，沒想到走著走著，卻逐漸離開充滿商業氣息的區域，她的雙腳此刻正踩踏在一片青翠的草坪上。

她看向前方空曠且陽光普照的草地，其上只有一棟大約兩層樓高的紅磚瓦房，儘管再遠一點就是好幾棟大樓，唯獨這裡充滿了一種鄉野般的恬靜。

「所羅門校長在裡面等你們。」

旁邊傳來斯巴達教官的聲音，羅娜有些意外地眨眨眼睛，問道：「欸？所羅門校長？就在那棟不起眼的屋子裡？」

「愚蠢，妳沒看到那邊吊著一塊牌子寫著『校長室』嗎？」代替斯巴達教官回答的人正是賽菲，和羅娜表現出的緊張不同，賽菲一直都是氣定神閒的樣子，當然一貫孤高的冷漠也沒有消失。

「還真的是校長室……」

羅娜順著賽菲所指的方向看去，映入眼簾的確實是寫著「校長室」的吊牌。

話說回來，校長室的吊牌也太簡單隨便了吧？

不對，應該說整個校長室都太簡陋了！

「進去。」

隨後傳來斯巴達教官的催促聲，羅娜忍不住問道：「教官你沒有要跟我們一起進去？」

話才剛問出口，羅娜還沒得到斯巴達的回應，和她一起來的賽菲便一手插著口袋，面無表情地向校長室走去。

發現賽菲先行一步，還如此瀟灑、毫無畏懼，這無意間激起羅娜心中那股不服輸的意志，她沒等到教官的答覆就趕緊跟上，和賽菲一同併肩走進校長室。

「賽菲，報到。」

「羅、羅娜，報到！」

「呵，賽菲同學跟羅娜同學都來了呀……話說，羅娜同學用不著如此緊張。」聖王學園的校長所羅門將放在桌上的書闔起，緩緩地抬起頭來，溫和地對著踏進自己辦公室的學生說道。

「是、是的……校長……」雖然所羅門校長那樣說了，羅娜還是無法完全放鬆，能夠在這種情況下如此依然故我的人也只有賽菲了吧？

「請放心，我今天不是叫你們來接受逞罰的。而是……討論一個你們都知道名字——塔羅。」所羅門將他的視線分別看向羅娜和賽菲，如翡翠般澄澈綠色的細長雙眸，在銀色細框眼鏡的修飾下，隱約散發出一股禁欲的氣質。

從所羅門校長口中聽到這個名字，羅娜倒抽一口氣，心想校長居然也知道塔羅這個組織？不過事後想想，好像也沒有太意外，所羅門可是聖王學園的校長啊。作為一個全國的名校、資源最多、分布出去的學生人脈廣大、政商名流都有一席之地的聖王學園的校長，想要獲得塔羅的資訊好像不是太難的事情。

實際上，讓羅娜更為驚訝的是另一件事。

她轉過頭，看向與自己一起走入校長室賽菲。

「賽菲同學……你也知道……塔羅的事？」

如果她沒聽錯的話，剛剛校長確實說了「你們都知道」這句話吧？

若她沒聽錯，那麼賽菲真的知道「塔羅」的存在？

「那又如何？這不關妳的事。」賽菲冷冷地回了羅娜這麼一句話，看都沒看羅娜一眼。

「對啦，是我管太多，是我太無聊才問你這個無聊的人……」感受到賽菲冷冰的態度後，羅娜回過頭去，嘟起嘴來小聲碎念。

這傢伙到底跩什麼跩啊？

不過就是第一名考進來而已，一直這種態度，難怪沒看過他身邊有什麼朋友，這個第一名其實也挺孤獨的吧。

「賽菲同學、羅娜同學，能否將注意力重新集中到我這邊呢？沒有要給予懲罰，不代表就能對我失禮或無視喔？」所羅門校長這段話將羅娜和賽菲的注意力重新拉了回來，他的笑容底下帶著濃濃的威脅之意，無論再怎麼遲鈍的人都能察覺得到。

「是、是的，很抱歉，校長。」

羅娜馬上立正站好，她可不想再節外生枝了。對她來說，只要能避事就避事，身段放軟一點也沒什麼……反正她就是一個吊車尾進來的學生，可沒第一名入學的那種傲氣。

「嗯，先說這次的事件吧。羅娜同學和賽菲同學第一時間都處理得很好。」所羅門校長先是讚揚了羅娜和賽菲的作為，這對羅娜來說又再一次出乎她的意料之外。她本來以為沒有懲罰已是天大的幸運，想不到竟能得到校長的一句讚美？

「雖然好像有人叫出自己的式神來干擾我們的保全人員，使出調虎離山之計……」當所羅門校長說到這裡時，羅娜差點被自己的口水噎著。

「不過就讓妳將功贖罪吧，好在最後保住了項鍊，而羅娜同學也是拚盡全力在和塔羅對抗了。」

所羅門校長笑笑地看著羅娜，羅娜有些不好意思地摸了摸自己的脖子，尷尬地乾笑著回應：「是、是啦……謝謝校長的諒解……」

「嗯，比起我的諒解，羅娜同學更該感謝賽菲同學喔。儘管妳已經拚命地與塔羅對抗，但若沒有賽菲同學出手協助，恐怕項鍊就被塔羅的人一起帶走了呢。」

所羅門這麼說時，目光轉而看向賽菲，羅娜的視線也跟了過去，她同樣用稍微抽搐的笑容，對著賽菲道：「那個……謝謝賽菲同學啊……」

反觀賽菲，他的反應一點也不出羅娜意料，還是維持那種高高在上、孤冷的姿態……只是，有那麼一瞬間，也不知道是不是她看錯，賽菲好似有一點點的……

臉紅害羞？

「羅娜同學？妳怎麼一直盯著賽菲同學看呢？」所羅門校長的問話將羅娜從思緒裡拉了回來，羅娜趕緊回應：「啊，沒、沒有！校長你誤會了！」

一定是她看錯了吧，像賽菲這種冰山美人優等生，怎麼可能會對她臉紅害羞？

羅娜稍稍甩了甩頭，甩掉這詭異的想法。

錯覺錯覺錯覺錯覺，肯定是錯覺！

「話說回來，塔羅這個組織，我想你們都有些許了解……顧名思義，就是以塔羅牌作為成員代號的地下組織。根據不久前傳來的報告，這次潛入我校並行竊的成員，是代號魔術師與戰車的兩人。」所羅門校長接續說：「塔羅派遣魔術師偷竊這點我們並不意外。過去從警方那邊得知，魔術師已經不是第一次替塔羅行竊。而正如他的代號，他偷東西的手法如魔術般難以捉摸且幾無破綻……不過，塔羅的領導人心思縝密，這次要下手的對象是聖王學園，因此額外增派了一名代號戰車的成員加以協助。」

「因為，塔羅的領導人很清楚無法避免武力交鋒……吧？」羅娜回應道。

「塔羅的領導人應該有充足的準備，肯定也觀察過我們抽選式神的作業流程，知道我們會派武裝保全維護現場安危。因此，塔羅才會多派一名武力擔當的成員來協助魔術師偷竊。不過，這不是最要緊的事，因為武裝保全與抽選日期都很容易調查出來。」

「校長的意思是……塔羅明確知道項鍊藏放於地下室這件事……應該有所內情對嗎？」羅娜從所羅門方才那段話隱約察覺到這點，忍不住眉頭一皺。

「羅娜同學很聰明呢。」所羅門校長點了點頭，對羅娜滿意地笑了笑。

「所羅門校長的言下之意，是認為我們聖王學園裡有塔羅的內應。」賽菲一臉認真地說出這句話。實際上，羅娜雖然嗅出不對勁，卻還沒想到這一步，因此當賽菲這麼說時，她眨了眨眼，露出稍顯吃驚的表情。

「那麼，校長您希望我們做點什麼嗎？」沒有理會羅娜的驚訝，賽菲直接開門見山地對所羅門校長拋出問題。

「呵，不愧是本屆第一名的新生，賽菲同學果然清楚我要的是什麼。沒錯，我有一件任務要交給兩位。」所羅門校長將兩手交叉形成拱門，放在辦公桌上，鏡片下的細長雙眸筆直地注視著羅娜和賽菲：「我希望，你們兩位能暗中協助我找出塔羅的內應。」

羅娜雖然早就做好了心理準備，但聽到的當下還是有些小小的驚訝。她將視線默默地轉向身邊的賽菲，看著對方那一如既往冷靜的冰山面容。

羅娜不禁在想：那傢伙是怎麼回事？

賽菲真有感情波動嗎？或者該問，他真的是人類嗎？怎麼從來沒在他臉上見過任何一絲情緒起伏？

「我接受。」當羅娜還在觀察他的反應時，賽菲二話不說便直接答應了所羅門校長的請求。

「你就這樣答應了？你難道沒有其他想法嗎？」羅娜忍不住把問題拋向賽菲，這傢伙真的知道塔羅是什麼樣的組織嗎？真的明白這個組織有多危險嗎？

即便是在固若金湯的聖王學園之內，都遭遇到塔羅的入侵，那要揪出內應是多麼有風險的事啊！

看賽菲的樣子，居然完全不假思索就答應了！

「想法？我的想法就只有揪出內應，僅此而已。」過了一會，賽菲才轉過頭來回應羅娜。相較之下，羅娜開始為自己感到有些汗顏，她和賽菲之間的差距就在這裡……想得太多，而且還多了一分……害怕。沒錯，對於塔羅，這個實力、成員以及目標都未知的組織，加上又是當年殺害自己雙親的凶手，羅娜確實感到有些懼怕。但當她還在顧慮這些的時候，賽菲卻已經毫不猶豫地答應，顯得還在躊躇的她有些難堪。

賽菲答應得如此迅速，搞不好是沒有吃過塔羅的虧吧？不像她，因為塔羅而失去了摯愛的雙親……

「賽菲同學真是勇氣可嘉，很高興能聽到你如此果決地接受這個任務。」在賽菲回答後，所羅門校長出聲肯定了他的果決。接著，他將目光投向羅娜，「羅娜同學，妳的答案呢？」

「我……」

嚥下一口口水，羅娜覺得這真是一個棘手的問題。賽菲立刻答應的情況下，羅娜沒有馬上同意就已經處境難堪，倘若她現在拒絕的話……日後這事如果傳了出去，她肯定會被同學們拿來當成笑柄。

在羅娜思索的期間，她除了得接受所羅門校長詢問的目光，還得承受一旁雙手抱胸、冷冷看著自己的賽菲的視線。

羅娜深吸一口氣，拋出了一個問題：「只要揪出內應就好，對吧？」

「是的，現階段先這麼做就夠了。」

「好——我答應你，我接受這個任務。」

「那麼，羅娜同學……」

「但是，我的話還沒說完。」在所羅門開口之際，羅娜突然強勢地打斷對方，說道：「我還有個要求。」

「哦？賽菲同學都沒提出要求……而羅娜同學卻有要求？好吧，說來聽聽，我也很好奇妳會提出何種要求。」所羅門校長先是眉頭一挑，隨後重新將笑容掛回臉上，做出傾聽的姿勢。

「我的要求很簡單……就是請校方務必全力支援我們。」羅娜再次深吸一口氣後，提出了她的要求。

「哦？妳說的『我們』包含了賽菲同學，對嗎？還真是想得周全呢，羅娜同學。好，妳想要怎樣的支援呢？」所羅門校長笑了笑，似乎對羅娜的說法頗感興趣。

「唔，你突然這樣問我……」沒想到所羅門校長會答應得如此爽快，羅娜有些措手不及，她一時間腦袋還有點混亂，不知道該說什麼才好。

「喂喂，妳該不會是因為不甘心直接無條件答應，才隨口說出這種條件吧？」

腦海裡傳來巴哈姆特的質問，這下聽得讓羅娜更為尷尬，但她隨即強硬地回應自家式神：「才沒有！我是真的有考量的！」

「那就快點把妳的顧慮跟考量跟校長說吧。」

巴哈姆特對羅娜這麼說後，羅娜又是咕噥了幾句：「我需要整理一下嘛……可惡的老龍王……」

「咳咳，所謂的提供支援……就是指在調查過程中的所需物資或人力協助等等，校方能夠提供協助嗎？另外，塔羅是具有危險性的組織，校方願意承擔與保護我跟賽菲同學的安全嗎？」

「哼，只有弱者才需要這些支援，我不需要，用不著把我也拖下水。」賽菲冷冷地看了羅娜一眼，打從羅娜將自己拖下水的那刻起，他就心生不滿。本不想跟羅娜一般見識，但見羅娜越來越得寸進尺，讓他終於出聲反駁。

「賽菲同學，弱者也好強者也罷，學生尋求校方的保護不是常理嗎？雖然我不曉得你到底懂不懂塔羅這個組織，你大概沒吃過他們的虧……」

「妳又懂我什麼！」羅娜的話還沒說完，竟被賽菲意外打斷，他這一句話頓時讓羅娜傻住了。

從未在賽菲身上見過如此大的情緒波動，不久前還一度以為這傢伙不是正常人類……

賽菲握緊拳頭，肩膀微微顫抖，同樣看到這一幕的所羅門校長出聲勸慰：「賽菲同學，你先去休息吧。我還有話跟羅娜同學說。」

收到所羅門校長的命令後，賽菲深吸一口氣，臉上本來還殘留的惱怒轉瞬間平復，回復到羅娜熟悉的冷冰神情，只是多了一點難以掩飾的彆扭。

「是我失態了，校長。」對著所羅門校長這麼一說後，賽菲轉過身準備離開。但在離開之前又冷冷地瞥了羅娜一眼，看得羅娜心頭一顫。

目送賽菲離開後，所羅門校長再次將目光集中在羅娜身上。他面對著羅娜，板著嚴肅的臉孔，語重心長地對著羅娜道：「羅娜同學，並不是只有妳是塔羅不幸的受害者。」

「校長……你說什麼？」羅娜愣了一下，沒想到自己竟會從所羅門校長口中聽到這句話，就好似心口突然插進一把刀，讓羅娜頓時神經都緊繃了起來。

「妳方才的話，對賽菲同學來說，是相當失禮的。」

「那個……校長……我……」

「羅娜同學，我以一個長輩與師長的身分，建議妳以後說出任何話語之前，都請深思熟慮。妳方才不經心的一句話，已經無意間傷害了賽菲同學。」所羅門校長神色凝重，接續對羅娜道：「賽菲同學和妳一樣，都是塔羅的受害者。」

校長語重心長地說出這句話，讓羅娜有種被重重撞擊腦袋的感覺。

「塔羅的……受害者……你是說……賽菲同學？」羅娜有些難以置信，她無法想像那個彷彿全能的優等生賽菲，居然和她一樣都是塔羅組織的受害者？

「本來不想告訴妳……但是我認為以羅娜同學的個性，往後可能還會引發更多讓賽菲同學困擾或不悅的事情。」所羅門校長思考了一下又道：「若是你們兩人之間一直存在這種問題的話，對於我交代給你們的任務，恐怕也會產生不良影響。為此，我必須讓妳明白賽菲同學的苦衷。」

「我……明白了……」

雖然校長是基於任務的處理上才告訴她，不過，倘若賽菲和自己一樣都是塔羅的受害者，那不久前她跟賽菲說「你沒吃過塔羅的虧」這句話……還真是滿可惡的。

「賽菲同學其實和妳的遭遇有些類似。賽菲同學從小出身於單親家庭，在扶養他的母親過世後，就一直和大他五歲的哥哥一起相扶相持。」所羅門校長十指交插，立在桌上，語氣沉重地娓娓道來：「他的兄長是位出類拔萃的科學家，亦是聖王學園畢業的高材生，只是後來選擇了錯誤的道路。」

「錯誤的道路……指的就是塔羅吧？」羅娜聽出了所羅門校長的言下之意。

所羅門校長點了點頭：「沒錯，他的兄長後來進入了塔羅……應該和妳的父親在同一個單位。」

「同一個單位？那不就是在研究同樣的東西……」聽到所羅門校長這麼說後，羅娜更為驚訝了。本來聽到賽菲與塔羅的關係就相當震驚，沒想到對方的哥哥居然還和父親是同事？

「看來妳已經察覺到了呢，賽菲的兄長與妳父親，都是在塔羅底下研發人造式神這一領域。」

「人造式神……」

關於人造式神，羅娜第一個想到的，就是在自己體內的法哈德。

因為人造式神並不普遍……不，應該說目前為止真正成功的人造式神只有法哈德，其他不是失敗就是有嚴重缺陷。

人造式神，顧名思義是人類用科學和靈學的方式製造出來的式神。

式神通常由已逝的靈魂轉化而成，不限物種，因此才有像星滅這樣的影狼族、巴哈姆特這樣的龍族。順帶一提，像巴哈姆特這樣的式神並不多，畢竟龍是強大的遠古物種，但只要靈魂轉化成式神，便可永續留存。

然而，法哈德卻不一樣。

以前父親曾透露過一點點相關訊息……法哈德的靈魂最初並沒有轉化成式神，而是一直屬於「沉睡」狀態，儘管很多人嘗試召喚，卻從未成功。

「爸爸跟同事們，最後借助了科學的力量，終於將法哈德喚醒了呢……不，

與其說是喚醒……更像是吵醒他吧……」羅娜突然想起這句爸爸曾跟她說過的話。

「看來羅娜同學對人造式神也有了解吧？是因為法哈德的關係嗎？」

所羅門校長的聲音傳了過來，打斷了羅娜的思緒。她抬起頭來，有些愣愣地回應：「是這麼說……但也不算……」

羅娜搔了搔自己的後腦勺，不知道如何把事情解釋清楚。

「言歸正傳，在那之後，賽菲的兄長也被塔羅滅了口……就和妳的父親一樣。」所羅門校長話鋒一轉，說出了殘酷的事實，儘管那對羅娜來說並不算太意外。現在，羅娜能夠明白為何賽菲會生氣，也明白所羅門校長又為何要告訴她這些。

在開口說話之前，她確實沒有好好想過。因為換作是她，倘若有人不瞭解自己還大言不慚地說出那樣的話，自己也會十分憤怒。

「等等……那這麼說來……」羅娜突然意識到了一件事，她眼睛一亮，眨了眨眼對著所羅門問道：「這麼說來，塔羅是基於某種原因才要將底下的科學家們滅口？那可能與人造式神有關？」

以前從未接觸過除了自己之外、與塔羅相關的受害者，一直以來，羅娜對於家人為何會被滅口這件事感到非常不解。但聽完賽菲的事情後，她總算拼接出一點真相。

雖然離真正揭曉答案還有段距離，卻不失為一大進步！

「羅娜同學的反應果然很快，的確，我們也正朝這個方向調查。」所羅門校長點了點頭，對於羅娜的猜測流露出一絲滿意。

「調查……聖王學園該不會早就調查塔羅很久了吧？」羅娜再次困惑地皺了一下眉頭。她發現，越是和所羅門校長對話，越能挖掘到許多過去她所不知道的情報。

塔羅這個組織究竟有多危險？

居然能讓聖王學園的校長親自展開調查？

「羅娜同學，有些事情該適可而止，目前妳只要知道聖王學園在調查塔羅的事即可。」所羅門校長接續說：「妳現在應該專注於交派給妳和賽菲同學的任務，其他無須煩惱，明白嗎？」

「這……」

羅娜一時間有些反應不過來，這時又聽見所羅門校長道：「過去的事情或許讓妳想要復仇，想要用自己的雙手去報復塔羅。但妳現在也只是一名學生，知道太多對妳並沒有多大幫助，甚至還會替妳招來更多危險。」

「羅娜，那個看起來像老狐狸的校長說得沒錯。」腦海裡傳來巴哈姆特的聲音，「現階段的妳，知道的越少越好，一步步慢慢來，一下子知道太多對妳而言並不是好事。越接近真相，以本龍王對妳的了解，妳越容易亂了分寸。」

「嗯，我了解你的意思……」羅娜眼簾低垂，認真地思考著巴哈姆特和所羅門校長的話。

雖然校長的話乍聽之下好像瞧不起她能耐，好似她沒有能力保護自己，更別談報仇。但在聽了巴哈姆特的話後，羅娜大概明白這兩人為何會這麼說。

倘若一下子得到太多情報，她很可能直接衝去塔羅總部大開殺戒。就算沒有這麼衝動，也一定會心心念念這件事，導致失去理智的判斷，反而陷入了塔羅的陷阱也說不定。

再說，聖王學園已經追查塔羅有一段時間，但似乎也沒有找出塔羅真正的目標為何。

與其替自己報仇，還不如阻止塔羅實現目標！

「我明白了，我暫時不追究，反正先揪出內奸就對了吧？可是說好了喔，該給我的後援要給我！」羅娜深吸一口氣，再次抬起頭來時，又恢復平時充滿朝氣的模樣。

「我不是那種不守信用的人，況且我身為聖王學園的校長，本就有義務保護學生的安全。妳放心吧，羅娜同學。」所羅門校長對著羅娜微微一笑，給予一個肯定的答案。

「有校長這句話就夠了！」羅娜同樣回予一抹燦爛的笑容。換做是別人，或許羅娜還會有些許懷疑，但所羅門校長是聖王學園的領導者，這樣的話從所羅門口中說出來，就格外令人有信賴感。

在和所羅門校長達成協議後，羅娜踏出了這間鮮少有學生造訪的校長室，她看著眼前一片綠意盎然的草坪，心中不知為何浮現了各種思緒。

「說是要揪出內奸……可是根本毫無頭緒啊……」羅娜仰著頭，視線從草坪緩緩移向天空，看著不知從何處飄過來的烏雲，她又想起了另一件事。

「對了，找個時間向賽菲道個歉吧……」

她微微鬱悶的胸口，就和從湛藍變成灰黑的天幕一樣。

第五章

Scepter of Rose King

這是一間看起來整潔氣派的會議室，明亮的燈光，寬敞的空間，室內空氣相當清新，處處都潔白無瑕，顯然經過精心的整理維護。

「啊，真是有夠累……這次的任務還真是吃力不討好啊。」

身穿白色西裝的男子扯了扯領帶，推開門扉走了進來。他似乎是第一個踏進會議室的人，印著海妖圖騰的胸針別在一身純白西裝上特別醒目。

西裝男子還在自言自語地抱怨著，從他身後冒出第二個人，對方無視他的存在，快步穿過他身旁，走向最前方。

「哎呀，我說『戰車』，不要不理我嘛，我們不是這次合作的好伙伴嗎？」

西裝男子看向一身盔甲包裹得密不透風、僅僅露出一對雙眼和整齊金色長馬尾的「同伴」。

即便聽他這麼說，他口中的「戰車」仍沒有半點回應，對方直接拉開一張椅子坐下，像是完全把西裝男子當成空氣一樣。

「魔術師，你還是一樣散發著討人厭的大叔味呢。」另一道聲音從門外傳入，很快就見到聲音的主人走了進來。

「好令人傷心，如果是戰車說出這句話就算了，我還不會那麼心痛……可是我的『星星』啊，這麼可愛的妳說出這句話，真是傷透了我的心。妳不是象徵希望與光明的小天使嗎？那張小嘴怎麼可以這麼壞呢。」魔術師一臉受傷的模樣，一手捧著胸口，做出好似心痛的樣子。

「那恭喜你抽到逆位，牌義就變成了失望、絕望與奢望了啊，魔術師。」

魔術師口中的「星星」——一名身形嬌小、穿著白色蕾絲小洋裝，頭上別著一朵白色雛菊的小女孩，用與外表截然不同的成熟口吻，毫不留情地吐槽魔術師。

「星星，我最近是不是不太走運啊？怎麼都抽到逆位的戰車跟星星呢？」

魔術師一臉委屈，問向長相清秀、有著圓滾滾大眼睛的女孩。

「誰知道呢，是大叔你做人失敗吧。你看這次的任務，就是你成事不足敗事有餘，害戰車那麼辛苦支援。」星星有些吃力地坐到椅子上。即便坐上椅子，她的腦袋也僅僅高出會議桌一點。

「吶吶，我說戰車，就不能幫我說說話嗎？看我被小星星這樣嘲笑，很沒面子耶。」魔術師乾脆放棄和星星對話，轉頭向另一邊向來沉默寡言的戰車求救。

「跟戰車求救沒用啦，大叔。」還沒等戰車回應，星星便又搶在前面吐槽了魔術師。

「唉，現在的大人還真難當……話說回來，今天該不會就只有我們三人吧？其他人呢？」魔術師先是故作難過地抹了抹臉後，將話鋒一轉。

「誰知道呢，不過我看時間也差不多了，其他人應該都在忙吧。畢竟『皇后』交代的事情可多了，還都不是什麼簡單的任務。」星星聳了聳肩膀，一邊從洋裝口袋裡拿出棒棒糖，打開包裹在外頭的鮮豔包裝紙後，一口含下。

「也是呢……不過，今天『皇后』將我們召集在這，應該是要宣告什麼吧……啊啊，該不會是要檢討我跟戰車之前的任務……」

就在魔術師抱著頭，露出一副苦惱的表情時，會議廳前方的大螢幕突然亮了起來，同時周遭燈光全數熄滅。

「諸位，特地應我的召集而趕來此處，我——『皇后』向你們致上謝意，你們都是我優秀的臣子。」

自稱「皇后」的人的聲音先是傳了出來，螢幕上卻出現一張神話風格的女海妖圖案。

「每次都不露臉啊……本來還期待會看到『皇后』呢……」魔術師有些失

望地低聲喃喃自語。他的這句話被旁邊的戰車聽見了，立刻招來戰車那雙冷冽又鋒利的眼神狠狠一瞪。

被戰車這麼一瞪，魔術師趕緊摸摸鼻子，刻意地清了清喉嚨轉過身去，正視著前方的螢幕。

「我長話短說，不占用諸位太多的時間。」

皇后明顯是一名女性，嗓音聽起來沉穩且散發一股莊嚴的氣勢，然而卻一點都不老成，反而帶了一點清亮的音色。

實際上，不僅僅是魔術師好奇皇后的真面目，在場其他成員，甚至包含那些不在場的塔羅成員……絕大多數都有過想一窺皇后真面目的念頭。

皇后是塔羅的領導者，塔羅這個組織更像是她的臣民，為了服侍她、協助她，達成建造「理想國」的目標。

「理想國」——亦是塔羅全體成員共同的目標。

他們深信，皇后會帶領著她的臣民、前往他們心目中的國度。

「我來宣告一件喜事。」皇后稍稍停頓，引起會議廳裡三人的好奇心後，接續說道：「雖然魔術師和戰車這次的任務沒有成功，但多虧這場在聖王學園引起的動亂，才讓我們的人有足夠的時間竊取到那項技術。」

「您是說……抽選式神的技術？真的假的？成功了嗎？」魔術師一聽到關鍵字，馬上眼睛一亮，出聲詢問。

「沒錯，雖然沒有獲得那條項鍊，但我們已經掌握到聖王學園抽選式神的技術。我已讓人開始分析研究，倘若順利，那項技術遲早能夠成為我們的利器。」

皇后給予魔術師一個肯定的答案，這答案不僅僅讓魔術師顯露出興奮之情，也讓在場其他兩位成員眼睛一亮。

雖然戰車看似毫無反應，但從他握緊的拳頭來看，似乎也是相當振奮。至於另一名成員星星，聽到消息的當下馬上取出口中棒棒糖，露出驚喜的表情，一對水汪汪的大眼睛直直地盯著螢幕。

「這可真是天大的好消息呢……這麼一來，距離我們的『理想國』又近了一步！」星星開心地說著，隨即轉頭看向坐在對面的魔術師，「大叔，你也總算替我們塔羅盡了點心力啊，想不到任務失敗還能產生這種效果，值了！」

「我說小星星啊……妳長得這麼可愛，為什麼嘴巴就這麼壞呢……真的傷透我的心……」又莫名中了一槍，魔術師兩道眉毛都垂了下來，看起來相當哀怨。

「今日不為其他，就是特地來告訴各位這件事。為了不占用諸位的時間，就此解散吧。」

當皇后一說完，魔術師、星星和戰車三人立即起立，對著螢幕異口同聲地喊：

「理想國萬歲！」

在三人震聲喊話之後，螢幕那頭也隨之傳來平靜的回應：

「理想國萬歲。」

話音一落，螢幕畫面瞬間關閉。

近幾日，聖王學園在經歷塔羅的入侵後，暫停了原先預定要進行的新生式神抽選活動。除此之外，為了整修被塔羅行動破壞的設施與環境，以及舉行內部會議檢討此次事件，聖王學園難得向全校公布了一個新的公告。

「全體學生放假三天，還真是少見的額外放假呢——」羅娜雙手交叉擺在腦後，伸了個懶腰。她回到老家後，就開始享受放鬆生活。

「我說羅娜，妳不要整天在家遊手好閒，這三天假期妳可有大事要忙！」一邊摺著剛洗好的衣服，愛麗絲一邊皺著眉頭瞪了自己姪女一眼。

「哈？要忙什麼啊？我就不能好好放鬆一下嗎……妳知道我在聖王學園裡過得有多累嗎？」羅娜沒好氣地回應自己的阿姨。她已經有好一段時間沒有回來老家，同樣地也很久沒見到愛麗絲阿姨了。

羅娜是不可能跟愛麗絲說其實自己非常想家……以及想念她。不過能被愛麗絲阿姨這樣久違地碎碎念，感覺倒也不錯。這種親人還在自己身邊的親切感，讓羅娜感到十分安心。

「學生上課疲累是正常的吧？只有鬼混愛摸魚的學生才不會喊累。放假這三天我已經幫妳決定好行程了，有件重要大事要妳完成！」將摺好的衣服收進衣櫃後，愛麗絲轉過身來，一手扠腰，一手指著躺在沙發上的羅娜說道。

「哈啊？什麼重要的大事啊？妳要結婚了？可是我怎麼沒聽妳說過有對象了……等等，該不會是先上車後補票吧！阿姨妳真是的，原來這麼前衛——」

「有個頭！要結婚的不是我！」羅娜的話還沒說完，便被愛麗絲狠狠地敲了一記腦袋，痛得讓羅娜皺起了眉頭。

「好痛啊……老太婆還是一樣暴力……妳說要結婚的不是妳？那又是誰要結婚啊？」羅娜一邊揉著被愛麗絲敲過的額頭，一邊納悶地問道。

「要結婚的人——」愛麗絲拉長尾音，彎下腰來指著自己的姪女宣告：「是妳啊，羅娜。」

「什麼啊，原來是我呀……欸欸欸！」

一秒前還在一臉安逸地說著話，下一秒猛然意識到不對勁的羅娜發出了一聲長長的驚嘆，震驚的情緒鮮明地寫在臉上。

羅娜從沙發上跳了起來，錯愕不已地對著愛麗絲問道：「哈？什麼時候決定的事？我三天內要結婚？跟誰啊！」

「妳是健忘還是故意這樣說的啊？當然是跟妳的那個式神——法哈德啊！」

愛麗絲說得斬釘截鐵，這時羅娜才想起好像有這麼一回事！

這陣子忙於聖王學園的活動和新生入學，羅娜都忘了當初奶奶託夢的預言，也忘了那時決定出來的結婚人選就是法哈德！

天啊，她真是徹徹底底忘了這回事，在毫無心理準備之下被愛麗絲告知，對羅娜而言簡直就像在戰場上被殺得措手不及一樣。

「雖然和式神結婚應該不用什麼大排場，不過還是需要舉辦儀式吧。阿姨我已經幫妳訂好一家餐廳，婚紗店也預約好了，妳明天就跟我去婚紗店試穿，後天就在餐廳完成結婚儀式吧！」愛麗絲嘴角上揚，頗為得意地對羅娜宣告。比起要結婚的準新娘（？），愛麗絲似乎更沉醉於婚禮籌備的喜悅中。

「等、等一下……真、真要這麼趕嗎？結婚好歹是人生大事吧？這樣草率決定好嗎？而且還是被妳這個阿姨隨便決定……」

羅娜忍不住心跳加快，心臟不知道是為了什麼而猛烈跳動，是因為這場婚禮來得太過突然？

抑或是……因為要和法哈德結婚而讓心跳難以控制？

羅娜一時間無法分清自己的情緒，耳邊只傳來愛麗絲的回應：「別把事情想得這麼複雜，這場婚禮只是為了破除妳十九歲的大劫。再說，和式神結婚在我國沒有法律效力。也就是說，妳到時真的遇到了想相守一生的結婚對象，還是可以結婚的，那時候才是妳口中真正的人生大事。」愛麗絲拍了拍羅娜的肩膀，「先別想太多，好好跟妳家式神討論一下吧！妳要知道……這都是為了妳好，羅娜。」

「這種事要怎麼討論啊……」

「我不管，我要先去洗澡了，自個兒處理吧！」愛麗絲沒聽羅娜把話說完，一個轉身就長揚而去。

羅娜一手撐著額頭，十分困擾，此時此刻她真心認為：

她在十九歲生日到來之前，遇到了人生中最棘手的挑戰。

窗外月色皎潔，冷白的月光透進窗，灑在羅娜的床鋪上。羅娜坐在床上，雙腿屈起，雙手抱著膝蓋，將下巴放在膝蓋上。她有些愁眉苦臉，低聲喃喃自語：「我到底該怎麼辦才好……」

結婚這種事哪可能像愛麗絲說得那麼容易？

就算知道只是為了破除劫數，而且和式神之間的婚姻也不具有法律效力……羅娜還是感到十分苦惱緊張。

羅娜的腦海裡一片混亂，除此之外，更讓她慌張的……是自家式神們也特別安靜。

呃，扣除星滅那小子。知道她要和法哈德結婚後，星滅就各種吵鬧，嚷嚷著「為何非得是法哈德才行」「他也可以和娜娜醬結婚啊」之類的話。吵得讓羅娜頭都痛了起來，她便不客氣地將星滅驅逐出體外，讓自己得以清靜一些。

只是……不管是法哈德還是巴哈姆特，都像說好了一樣，保持一種令她感到不安的沉默。

原本想和這兩人說點什麼，但巴哈姆特似乎為了不讓羅娜困擾，不久前終於打破沉默向她說道：「我先出去晃一晃。」

當聽到巴哈姆特這麼說時，羅娜有點愣住，只是在腦袋本就混亂的情況下，羅娜只能先答應對方，而得到許可的巴哈姆特也很快就離開了她的體內。

羅娜並不曉得巴哈姆特去了哪裡，只知道那頭龍王似乎離開了家，到了稍遠的地方……

在房間裡，僅剩被欽點要和自己結婚的法哈德。

「和我結婚……讓妳感到如此困擾嗎？我的百合花……」

熟悉、低沉且充滿磁性的男性嗓音出現在羅娜面前，羅娜聞聲抬起頭來，映入眼簾的正是法哈德那張魔魅英俊的臉龐。

「如果我說不是，肯定是在騙你的……」羅娜嘆了一口氣，她實在說不出違心之論，何況法哈德那麼聰明，就算她說謊也會被一眼看穿。

「果真如此呢……我的百合花，妳就當作只是演一場戲，為了破除劫數和我完成這場假結婚，這樣難道不行嗎？」法哈德微微蹙起眉頭，眼神中帶著一股五味雜陳的情緒。

「這樣……對你來說太不公平了。我不想利用你。」羅娜看著流露出受傷神情的法哈德，心裡也不舒坦。

她明知道法哈德對自己的感情，但羅娜仍不想用「假結婚」這樣的藉口糟蹋法哈德的這份心意。

「我的百合花啊，我是妳的式神，本就能為了御主犧牲一切。妳不需要在意我的心情，妳的安危對我來說比什麼都重要。」

法哈德朝羅娜伸出手，輕輕地、溫柔地撫摸著她，就像在捧著珍寶一樣捧著她的臉，嘴角微微上彎，帶著一絲隱約的苦澀對羅娜說：「妳的安危比什麼都重要——請妳牢記這點。」

法哈德的這句話，和他手掌心的溫度一起傳入羅娜心坎之中。

法哈德真是一個不可思議的傢伙。

回想起一開始跟他接觸的時候，羅娜還對他十分提防且充滿懷疑，到目前為止，雖然沒有直接的證據可以完全洗清法哈德的嫌疑……但這段時間和他相處下來，羅娜自知她越來越無法用當初質疑的眼光看待對方。

法哈德的一言一行、舉手投足都像是具有魔力一般，能夠融化她的防備……或許早在不自覺的情況下，法哈德已經悄悄地走進了她的心。

可她的心，卻不單只屬於法哈德……

她知道自己這樣顯得十分貪婪、十分愚昧，這樣的情緒很可能讓她做出錯誤的判斷。

羅娜卻無法假裝看不清自己的心。

「我的百合花……是因為巴哈姆特的緣故嗎？」就在羅娜眼簾低垂，維持了一段時間的沉默時，法哈德一語道出她心聲。

「這……」

羅娜瞳孔微微收縮，只是很快又平復情緒。她別過頭，甩開法哈德貼在自己臉上的手掌。

「妳無須多說，我的百合花。」法哈德收回手，莞爾一笑，苦澀的感覺更加明顯。

「一方面不想傷害我的心，一方面又覺得即便只是和我假結婚，也會傷害到巴哈姆特……對吧？對妳來說，這是個難以抉擇的問題，比起自己的性命跟劫數，妳把我們的感受置於更優先的位置……我說的沒錯吧？」法哈德正色問向羅娜，面對神情如此認真的法哈德，羅娜更答不出話來了。

「我的百合花，我想我已經把自己的心意跟妳說了。如果我是妳擔憂顧慮的原因之一，請將我捨棄、無視於我吧……只要妳能安好就夠了。」

留下這一段話，法哈德便轉過身，一手插在口袋裡，「我也出去透透氣吧，我知道妳需要一個人靜一靜，我的百合花。」

看著法哈德的背影，在他踏出房間之前，羅娜叫住了他：「那個……謝謝你，法哈德。」

聽到羅娜的致謝後，法哈德停下腳步，他稍稍側過身，對著羅娜微微一笑：「我才要謝謝妳，把我的感受放在妳性命安危之前……我很高興，也很榮幸。」

法哈德說完便再度邁開步伐，離開了羅娜的視線範圍內。在法哈德離開後，羅娜心中那股惆悵又升了起來，腦海裡一直縈繞著法哈德對自己說的那句話。

「是因為……巴哈姆特的原故嗎……」羅娜喃喃自語。

和法哈德一樣，巴哈姆特的心意她同樣明瞭，比起法哈德的委婉，巴哈姆特曾經以直球的方式對她告白。

這陣子，羅娜發現自己和巴哈姆特之間的互動好像變少了，更多時間被後來的法哈德和星滅瓜分。

明明從一開始就跟著自己、守護著自己的……是那頭固執又好色的老龍王……

好想他——

好想現在就見到他。

動了這個念頭，羅娜便閉上雙眼、試著感應巴哈姆特的位置。只是她努力了許久，巴哈姆特就好像故意屏蔽了自身的氣息，讓羅娜找不到自己。

這頭老龍王果然還是那麼固執……

果然是在生她的氣吧？

一定是不高興她即將和法哈德結婚這件事……

「我也不想這樣啊……我比你還要煩惱好嗎……你這可惡的老龍王快給我滾出來……我現在該死地想見到你……」羅娜將自己的臉埋進枕頭之中，低聲碎念著。

「就這麼想本龍王嗎？」

忽然，一道令羅娜掛念的熟悉嗓音突然出現，她立刻抬起頭來，左右查看。

「咦？人呢？」

明明就有聽到聲音怎麼看不見人影？

就在羅娜困惑之際，她又再次回頭，赫然見到現身在自己面前的巴哈姆特。

「啊！」

由於巴哈姆特出現得太突然，羅娜大吃一驚，忍不住發出一聲小小的尖叫。

「幹嘛一副看到鬼的表情？是妳說想念本龍王，本龍王才勉強現身的，真是失禮的御主。」巴哈姆特一屁股坐到羅娜床邊，伸手彈了一下對方的額頭，發出清脆的聲響。

「好痛！」

被不客氣彈了額頭，羅娜痛得皺起眉頭，雙手摀住發紅的部位。

「我才沒有想你！像你這麼粗暴的老龍王誰要想啊……」

「哦？是嗎？那粗暴的本龍王走了喔。」

「等等等等……等一下啦！不、不准走！敢給我走的話，我就用式咒讓你動彈不得！」一看到巴哈姆特真的要起身離開，羅娜趕緊拉住對方的披風，有些生氣地叫著。

「嗯，雖然不是很能接受這種慰留方式……但本龍王就免為其難地接受了。」巴哈姆特的嘴角有些得意地揚了揚，隨後又重新坐回羅娜床邊。

「你那張嘴還真是得理不饒人啊……還是老樣子，一點也沒變……」看到巴哈姆特坐下來後，羅娜的心也安定了不少，眼簾低垂地碎碎念著。

「本龍王就是這樣的人，不好意思喔。」巴哈姆特眉頭挑了一下，一副「妳拿我沒轍」的模樣，「話說回來，妳特地叫本龍王出來，應該不只是想我，還想聽聽看本龍王的想法吧？」

「唔……反正就是那樣沒錯啦……我是想聽聽看你的想法……」羅娜有些扭扭捏捏，目光游移不定。她向來不習慣曝露自己的感情，特別是這種攸關男女情愛的問題，這會讓羅娜感到很不自在。

「妳真想知道本龍王的想法？就算妳聽了也很可能無法體諒或改變呢？」巴哈姆特再次反問羅娜。

「這個問題很狡猾耶，不說出來我怎麼知道自己做不做得到或能不能改變？」羅娜皺了一下眉頭，駁回了巴哈姆特的問題。

「哈，妳也很狡猾啊，不狡猾的話就不會這樣反問本龍王了。」聽了羅娜的話後，巴哈姆特笑了一下。

「少囉嗦，是我先問你的，而且你也自願現身，那就快點回答我的問題！再怎麼說我都是你的御主吧？身為式神，應該立刻回答御主的問題！」

「御主啊……好吧，看在妳非常想念本龍王的分上，我就跟妳說說我的想法，雖然本龍王不奢求妳會順著我。」巴哈姆特看著羅娜，眼簾中映入羅娜認真的表情，他聳了聳肩後道：「以本龍王的立場，不希望妳和法哈德結婚。」

「就算只是形式上的假結婚？」

「就算只是形式上的假結婚，本龍王也不願接受。」巴哈姆特說得斬釘截鐵。

「理由？」

羅娜不禁好奇地想要深入了解，儘管她多少知道原因，但還是想親耳聽巴哈姆特說明。

「也罷……本龍王沒那麼小氣，就全都說給妳聽吧。」巴哈姆特雙手交叉在自己胸前，「雖然之前同意了你們的婚禮，但本龍王認為總有其他可以破解劫難的方法。而且本龍王就是不服，為何只有法哈德那傢伙能成為妳的結婚對象，這根本沒有道理。」

巴哈姆特接續說：「法哈德和本龍王一樣都是妳的式神，憑什麼就只有他可以而我不行？真要說的話，把星滅也加進來，我們三人都是妳締結正式契約的式神，為何只有法哈德成為婚約者？」

「這……」羅娜一時間被巴哈姆特問得啞口無言，不知該如何回答才好。

「再說於私的部分，本龍王就更反對了。」巴哈姆特突然轉過身，面向羅娜，手指直直地戳著羅娜的胸口，讓羅娜感到微微疼痛：「妳明知道本龍王對妳的感情，還敢問我能不能接受？這不是廢話嗎！本龍王怎麼可能讓自己心愛的女人和別人結婚！」

握緊拳頭，重重地捶了一下床鋪，巴哈姆特在激動中還帶著一絲壓抑，倘若沒有那一點點僅存的理智，恐怕所有情感早就如洪水潰堤，他現在是強忍著情緒和羅娜對話。

「巴哈姆特……」羅娜神色複雜地看著自家式神。面對巴哈姆特，今天無論他說什麼，自己都無法給出一個能讓對方滿意的答覆。

沒錯，羅娜早就清楚巴哈姆特對自己的感情。只是她一直在逃避，沒有好好正視這個問題，大概也是因為這樣，才會造成巴哈姆特如此反彈。倘若她早一點處理的話……或許，能讓巴哈姆特的內心好受點吧？

「綜合以上理由，因此本龍王反對妳和法哈德那傢伙成婚。現在，換妳給本龍王一個答覆了吧？」

巴哈姆特的目光筆直地注視著羅娜，那道視線太過熾烈、太過赤裸、又太過霸道，以至於讓羅娜無法避而不答。羅娜嚥下一口口水，過了一會才做出回應：「但是……我已經騎虎難下了……事到如今，愛麗絲阿姨那邊也找不到其他理由可以讓她停手。另一方面，正如你所說的，我的確拿不出為何非得是法哈德的理由，可是相對的，我也沒有讓其他人代替的理由……不是嗎？」羅娜這麼一說，讓巴哈姆特沉默了，見狀羅娜便接續說：「如果無論如何都已經箭在弦上……那麼，於私的方面……我要怎麼做才能讓你好受一點呢，巴哈姆特？」

這是羅娜最大的讓步。

她知道她和法哈德的婚禮已經無法撤回，她必須顧及法哈德的心情和當初的承諾。

她雖身不由己，可是至少讓她能夠給巴哈姆特一點他期待的回應、一點他需要的安撫。

「這就是妳的答案嗎……羅娜？」巴哈姆特注視著羅娜，語氣有些許無奈跟感慨。

羅娜深吸一口氣，閉上雙眼，再次於心中確認了自己的答案後，緩緩睜開雙眼對著巴哈姆特回答：「是的，這就是我的答案，巴哈姆特。」

「是嗎……這就是妳的答案啊……」巴哈姆特苦笑了一下，搖搖頭後反問：「妳的意思，是要給我補償，對嗎？」

「是的，在我的能力範圍之內，如果有什麼能讓你感到好過一點的……」

羅娜話還沒說完，她的肩膀就被巴哈姆特一把按住，當她還沒反應過來之際，一對雙唇毫無預警地朝她襲來。

「唔！」

一切都來得措手不及，無論是巴哈姆特的這個吻，還是巴哈姆特對自己的感情，對羅娜而言，都完全無法反應過來。

「巴哈……！」

「閉嘴，本龍王現在什麼都不想聽妳說。」

不給羅娜說話的機會，巴哈姆特以他龍王強勢霸道的姿態，用嘴封印了羅娜的唇。他一手按住羅娜的肩膀，另一手撫摸著羅娜的右臉頰，再用手指撥弄羅娜垂至臉上的髮絲。

「本龍王要的……妳就算給不起，我也要強硬地將它奪走。」

巴哈姆特話音一落，便繼續用手愛撫著羅娜的臉蛋，持續向羅娜索取深吻，他直接用舌頭撬開對方顫抖的唇，讓舌尖探進貝齒的縫隙之中，汲取羅娜口中甜蜜的滋味。

「唔唔……嗯！」

巴哈姆特完全沒給她說話餘地，幾乎要讓她連換氣的機會都沒有。彷彿要剝奪自己的一切，讓她只能想著對方、看著對方、感受著對方……

這樣的巴哈姆特……霸道強硬又不給人任何逃避的空間，讓一切只能順從著他，臣服在至高的龍王之下。

羅娜只能順著巴哈姆特的動作，在一次又一次的索吻之下，她的大腦開始缺氧，能呼吸到的空氣越來越少，渾身上下彷彿都充斥著巴哈姆特身上的味道。

彼此的舌根交纏，口腔的熱度不斷交流，唾液相互黏膩交織，就好像兩人要融合在一起，讓羅娜無法掙脫，只能深陷在巴哈姆特所創造出來的欲望泥淖。

深吻之後。巴哈姆特本來溫柔撫摸著羅娜臉龐的手，開始往下移動，順著羅娜的側頸線條往下撫摸，漸漸滑到羅娜的右肩，最後從中間滑過，手指碰觸著羅娜領口前的鈕釦。

「礙事。」

丟出這句話，巴哈姆特直接扯掉羅娜領口上的釦子，衣襟被凶狠地撕扯開來，隱約露出底下白皙滑嫩的肌膚。

「巴、巴哈姆特你……！」

一樣沒有把話說完的機會，在羅娜的錯愕之中，她的雙唇很快又被堵上，只是這回巴哈姆特是用手掌覆蓋住她的嘴。

「本龍王說過，不想再聽妳多餘的話。」巴哈姆特的雙眼直直地注視著羅娜，「妳這下應該明白，說出『補償』那句話的意義了吧？敢說那種話，就給本龍王作好心理準備。」

臉上完全沒有半點笑容，巴哈姆特的表情看在羅娜眼裡，明白他沒有在開玩笑。

羅娜的心臟怦怦跳著，她不知道心跳加快的原因是什麼，是因為太過緊張害怕？又或是……有些期待？

可是，怎麼會……她怎麼會對這種事有所期待？

混亂的思緒交錯在羅娜腦中，她的身體不由得緊繃起來。

這是她自己提出來的補償，就如同巴哈姆特所說一樣……她必須要有決心跟心理準備才行，無論巴哈姆特向對自己索取什麼，只要是她能給予的東西……

羅娜閉上雙眼，明白順從是當下唯一能做的事了。

曲線優美的身體微微顫抖，羅娜分不出這是緊張？害怕？或者是……就連自己也不想承認的期待？

閉上雙眼後身體的感知能力變得更加敏感，每一次的碰觸都像是被施了魔法般，更加具有穿透力。

她感覺到巴哈姆特的唇落在自己側頸上，領口被對方扯開後，羅娜只覺得脖子一陣微涼。她沒想到，接下來那塊沒有領子遮蔽的區域，很快就會迎來前所未有的躁熱感。

巴哈姆特似乎是用手指碰觸著自己，用指腹輕輕地撫摸著她側頸的肌膚。被觸碰的當下，羅娜不禁吞了一口口水，她的大腦裡早已浮現出各種綺麗的幻想……明明不應該這樣，她仍阻止不了自己放縱奔馳的想像力。

倘若……

倘若真和自己所猜想的一樣……她又該怎麼辦？

雖然，現在早已不是以前那種保守的年代，羅娜也自認不是那種死守傳統、在意貞操的女性……可是不管任何事情，凡是要經歷第一次的時候……

「咕嚕。」

一想到這裡，羅娜又忍不住嚥下一口口水。

她能不能別胡思亂想啊！

再這樣下去就沒完沒了了啊！

再說，如果被那頭老龍王看穿了心思又該如何是好？到時肯定又會被嘲笑戲弄一番……

「瞧妳一副緊張的樣子……有那麼害怕嗎？還是說……」巴哈姆特笑了一聲後接續說：「其實妳也在期待著什麼吧？」

一聽到巴哈姆特這麼說，羅娜猛然睜開雙眼，反射性地使勁推開對方並反駁：「才、才不是！」

「哦……若沒有這麼想的話，為何有這麼大的反應？」

「我才沒有反應很大……」

「是嗎？話又說回來，妳完全抵抗不了本龍王的吻呢。本龍王知道自己的吻技高超，也難怪妳會沉迷呢，哈。」巴哈姆特一邊說，一邊得意自喜地刮著自己的下巴。

「你少得意了……！」看到巴哈姆特一副沾沾自喜的模樣，羅娜莫名地有些惱火，她立刻直接砲轟：「一點也不舒服！你這頭老色龍的鬍子都沒有好好刮乾淨，刺死人了！」

不知為何就是想說些反駁的話，明明不是這樣想的，嘴巴卻違背了自己的心意。

反觀被羅娜抨擊的當事者，巴哈姆特沉著臉，雙眼直直地盯著羅娜，一語不發。

羅娜當下的唯一念頭：完了——她是不是說得太過分了？

想要找個臺階下來，想要思索出一句可以調節氛圍的話語，但羅娜還沒說出口，巴哈姆特就先有了下一步動作。

「既然這麼不喜歡本龍王的吻，那也沒關係。妳說過，是要來補償我的吧？要讓我心裡感到平衡一點吧——」

巴哈姆特冷不防地將自己的嘴唇湊到羅娜裸露在外的側頸上，毫不猶豫地咬了下去。

「痛……！」

被狠狠這麼一咬，羅娜立刻痛得皺起眉頭，只是這份齧咬似乎摻雜了其他動作——

是吸吮。

先是留下了牙印，再用力吸吮著肌膚，巴哈姆特直接在羅娜的脖子上種下了紅中帶點瘀青的印記。

「讓本龍王將妳的一切吃抹乾淨，用我的龍威將妳徹底貫穿。」

霸氣又充滿威壓，羅娜還沒反應過來，更來不及理解對方的言下之意時，已被巴哈姆特一鼓作氣地壓倒在床上。

出乎意外的發展，讓羅娜下意識地發出小小的尖叫。

羅娜羞恥得幾乎想要鑽個洞跳下去，這麼少女的反應太不像自己了。況且對象還是與自己相處多年的式神，對於如此熟悉的人……不應該會有這種心慌意亂的反應啊。

可是……正因為如此熟識，被他毫無預警地一推，才會慌了手腳吧？

「如果我說，只要讓本龍王得到妳，就能夠彌補我的心，這樣……妳也願意嗎？」巴哈姆特雙手撐在羅娜的肩膀兩側，上半身蓋住來自天花板的燈光，讓羅娜眼中只有他的存在，別無其他。

「我……」

面對巴哈姆特的問題，羅娜一時間只覺得口舌乾燥，腦袋一片混亂，不知該回應什麼才好。

「不願回答？沒關係，不管是願不願意，本龍王都會用行動得到答案。」巴哈姆特一手撩撥著羅娜散在額前的青絲，屈起指節輕觸羅娜的臉頰，最後將手放到羅娜的胸口上。

「心跳得真快呢……看來本龍王還是挺有魅力的嘛，這是為了本龍王而加快搏動的心跳啊。」巴哈姆特的嘴角滿意地上揚，他將手掌攤開，持續感受著羅娜的心跳。

羅娜明明很想要緩住心跳的速度，可是怎麼樣都做不到，她乾脆再次閉上雙眼，緊咬牙根，心想就這麼豁出去吧！

再怎麼說都不能讓巴哈姆特看輕自己！

再怎麼說，這都是她主動提起的補償，她絕對不是那種只出一張嘴卻不負責任的人！

貞操什麼的……根本不重要！

「哎呀，這是什麼？打算把一切都交給本龍王了嗎？」巴哈姆特笑了笑，看著羅娜這笨拙的表現，他實在忍不住莞爾，「果然還是太年輕啊……毫無經驗的女人……」

他低下頭來，用鼻尖若有似無地觸碰著羅娜胸口的肌膚。

「就讓本龍王以千年的經驗、身經百戰的技巧好好教導與開發妳吧……我的御主。」充滿磁性的魅惑聲線，彷彿與平常自己所聽到的聲音不同，巴哈姆特的這句話再度讓羅娜瞬間心跳加速。

不，甚至在方才那一剎那，心臟就好像漏了一拍，暫時停止了一樣。

神啊——

接下來無論發生什麼事，羅娜只祈求自己能夠有勇氣面對巴哈姆特的索取。

一邊在心中如此祈禱，一方面卻處於一個極度敏感的狀態，不管巴哈姆特對自己做了什麼，每一次的感覺都像被放大一般，讓羅娜分分秒秒都無法鬆懈。

她感覺到巴哈姆特再次湊近自己，在她耳邊吹著熱氣，灼熱的氣體把她耳朵弄得有些搔癢難耐。

再來是溫熱的觸覺，好似巴哈姆特朝她的耳骨伸出了緋舌，輕輕地舔弄著她的耳垂，再用微微的力度咬了一下。光是耳朵接受到的刺激，就讓羅娜不由得身體顫抖了一下，心裡更像是被打開了某種開關，有什麼東西偷偷地跑了出來。

反觀巴哈姆特，他很享受著這個時刻，看著平時趾高氣昂的羅娜，此刻就在他的身下不斷顫抖，全身緊繃。一下抿著嘴唇，一會又咬著下唇……多麼地惹人想要繼續欺負下去。

想要索取更多，想看更多別人——不管星滅或是法哈德——都沒見過的一面，羅娜因自己而嬌羞的神色，甚至是因自己而放聲喘息的模樣……

人總是是貪心的，身為龍王的他更是貪婪，他想要從羅娜身上得到更多——

「就當作是為了討好本龍王……綻放更多更多平時隱藏起來的表情吧。」巴哈姆特湊在羅娜的耳邊，壓低嗓音道。

「什、什麼隱藏起來的表情……那種東西壓根沒有……」羅娜扭過頭去，一聽到巴哈姆特在自己耳邊發出聲音，她的身體再度不受控制地顫了一下。

「是嗎?還是說根本不是隱藏，而是從未被挖掘過呢?」巴哈姆特將頭往下探去，來到羅娜敞開的領口前，「就讓本龍王好好挖掘更多祕密吧，羅娜。」

隨著這道聲音落下，巴哈姆特直接低下頭來，咬扯掉羅娜胸前衣襟僅存的鈕釦。

「喂，你……!」

聽到鈕釦被扔到一旁發出的聲響，羅娜訝然地睜大雙眼看著巴哈姆特。巴哈姆特卻沒有理會她，只是依然故我地咬著一顆接著一顆的鈕釦。

就是喜歡看羅娜驚慌失措的樣子。

就是想看平常對自己總是頤指氣使的御主成為俘虜，在他的身子底下反抗不成的模樣。

說他壞心也好，惡趣味也罷，他都會欣然接受——誰叫他是龍王，本就不是會乖乖聽話服從的存在。

「好了，這些礙眼的釦子都咬掉了，是該享受裡頭的甜美了呢。」

巴哈姆特的舌尖舔著自己的上唇，雙眼目光直直鎖定在羅娜若隱若現的胸前。羅娜則趕緊用雙手遮住胸口，用有些恐懼的口吻問道：「你、你這頭老色龍可可要想清楚喔！你不是平常都笑我沒胸的嗎？這、這樣你確定還要繼續下去嗎？別、別說我沒勸過你！」

羅娜很清楚這是由自己挑起的欲火，如果現在哀求或反抗就太打臉了。於是她只能挖苦自己，試著讓巴哈姆特覺得無趣而放棄……儘管機會渺茫，但總不能什麼都不做吧！

「該說妳太自暴自棄，還是不擇手段啊？這樣的話居然說得出來？」巴哈姆特一瞬間變成死魚般的表情，暫且恢復成平時和羅娜對話的口氣。

「我、我只是實話實說，善意提醒而已。怎、怎樣？是不是放棄了？」羅娜眼看好像有達到效果，趕緊趁勝追擊。

倘若巴哈姆特願意收手，那就再好不過了，哪怕是要她繼續貶低自己的身材也不要緊。

「我說，妳就對自己這麼沒信心嗎？不對，別以為本龍王不懂妳，羅娜。」巴哈姆特一邊的眉毛往上挑，用著狐疑的眼神盯著羅娜，「妳只是想要我住手而已吧？像妳這麼狡詐的女人，本龍王怎麼可能不了解妳？」

嘴角再次上揚，巴哈姆特那充滿邪氣的笑容重新浮現，這笑容立刻讓羅娜產生了不好的預感。

「妳是逃不了的，羅娜。妳注定要成為本龍王的女人。」巴哈姆特笑著對羅娜宣告，隨後指著烙印在羅娜側頸上的吻痕：「這個已經清楚地留下來了呢，要不……讓妳身體的其他地方也印上幾個？」

聽到巴哈姆特這麼說，羅娜不禁屏住氣息，睜大雙眼盯著巴哈姆特。

「不如，在這裡、這裡還有這裡都留下本龍王的印記吧。」

手指從羅娜的胸口、肚子、一路慢慢地滑到羅娜的大腿內側。

「等、等等巴哈姆特……」

羅娜想試圖推開對方，想要阻止接下來的洞況，但這時的巴哈姆特早已聽不進她任何話語。

龍王已低下頭，直接將臉埋入羅娜敞開的衣襟之中，吸取其中的芬芳。

「真是好聞的香氣呢，柔軟又香甜。」

用鼻尖蹭著羅娜酥胸的溝壑，巴哈姆特發出十分享受的低吟，他的摩蹭也讓羅娜覺得胸前搔癢難耐。

除了身體感官上的搔癢，巴哈姆特這一舉動也讓羅娜的內心騷動不已。

「從這裡開始，我要動真格了。」

巴哈姆特說完這句話後，將唇再次貼上羅娜的肌膚。火辣辣、熱燙燙的肌膚表層，立刻使巴哈姆特得知在自己身下之人相當緊張，情緒也格外高漲。巴哈姆特勾了勾嘴角，繼續進攻，他開始吸吮親吻羅娜的胸口，又癢又微妙、如電流竄身的感受不斷襲擊羅娜的感官神經。

隨著巴哈姆特在羅娜胸前也種下印記，羅娜的雙頰也越來越潤紅，不知不覺喘氣也變得格外急促，大腦熱烘烘的一片，彷彿自己再也不是自己。

「不……不能再繼續了……巴、巴哈姆特……」

羅娜的聲音不再像平時一樣充滿活力，而是呈現一種軟綿的聲調，就連音量也不自覺變小。

好不像自己。

實在太不像樣了，羅娜。

妳怎會讓自己變成這副德性——

「是嗎？本龍王瞧妳好像樂在其中呢……」

巴哈姆特笑看著羅娜，直直地注視著羅娜泛成玫瑰紅的雙頰，再刻意用手指輕輕地碰了碰她的身體，「就連身子也如此滾燙……不過這應該不是發燒吧？」

低下頭來，稍微撥開羅娜的衣服，朝裸露而出的平坦腹部印下一吻：「這只能是本龍王造成的高溫……妳說對吧，羅娜？」

「什、什麼跟什麼……我完全聽不懂……」

腹部接收到來自巴哈姆特的濕吻，對方還殘留一點鬍子的下巴與肌膚摩娑，羅娜不禁因為搔癢感而皺了一下眉頭。

「又在逃避了嗎？妳平時是這麼愛逃避的人嗎？不是吧？」巴哈姆特壞心眼地笑了一下，「不過若是真的不懂，也不怪妳，畢竟妳在這方面幾乎沒什麼經驗……沒關係，本龍王很樂意當第一個、也是唯一一個開導妳的男人。」

「你這傢伙怎麼還是這樣不講理……我可沒答應要讓你……不、不要亂摸啊！你這老色龍……」

原本想說的話還來不及說完，羅娜便再度接受到巴哈姆特的進攻。她的雙手試圖推開巴哈姆特的頭，只因這頭龍王正一邊親吻著她的腹部，另一手則開始愛撫羅娜的大腿。

「給、給我停下來啊……再這樣下去……不行！」

一直想要使力推開巴哈姆特，羅娜已經徹底慌了手腳，她如此恐慌的原因不單純是害怕失去貞操，還有對自己的反應十分畏懼——隨著巴哈姆特的撩撥越來越過火，她的身體不僅沒有想要反抗，反而還多了一股想要得到更多的欲望。

這樣真的很不妙。

都要怪這可惡的老色龍，在今天之前，羅娜完全沒想過這傢伙竟會對自己做出如此大膽的行為……

害她這般不自在，害她如此羞恥，一切的一切都是巴哈姆特害的！

到底該怎麼辦才好？

她為自己錯亂的情緒跟感受十分苦惱，複雜又矛盾的心情快把羅娜壓得喘不過氣，想要停下，卻又不想停下……

「哎呀……」

聽到鼻子抽噎的細微聲音而抬起頭來，映入眼簾的景象，讓即便鐵了心要做到底的巴哈姆特，也不禁暫且停住了動作。

他抬起身子，朝羅娜的臉龐伸出手，用憐憫又溫柔的口吻對她道：「妳怎麼哭了呢……我的御主……」

注視著羅娜哭紅的鼻子不斷抽抽噎噎，眼眶泛紅，蒙上一層淺淺的水光，縱使心裡本來燃燒著熊熊欲火，也在看到羅娜哭紅雙眼的瞬間熄滅了不少。

「我……我才沒有……我才沒有哭……！」羅娜咬著牙回應，大力地吸氣試圖讓鼻涕抽回去，回答時的聲音也明顯哽咽。

巴哈姆特搖了搖頭：「妳這愛逞強的女人，至少在本龍王面前就不用這麼武裝自己了。再說了，妳當本龍王的眼睛是裝飾品嗎？」

「唔……」被巴哈姆特這麼一說，羅娜啞口無言，根本沒什麼好辯解的了。

「我說妳啊……」

巴哈姆特欲言又止，隨後他又搖了搖頭，嘆了一口氣：「算了，這種事情本來就要兩邊都愉悅投入。搞得好像本龍王欺侮妳一樣，明明是妳挑起的欲望……」雖然聽起來好像有點委屈，也有些不甘，不過巴哈姆特還是繼續把話說完，他一邊撥開羅娜眼角流下的淚珠，一邊說：「別哭了，這可不像是本龍王所認識的羅娜。」

垂著兩道眉毛，搭配一抹帶有苦澀的笑，巴哈姆特說完話後便起身離開床邊。

羅娜對眼前這一幕感到有些意外，她十分訝異巴哈姆特就這樣放過自己了？她愣愣地看著巴哈姆特，微張著嘴卻說不出半句話。

「看著本龍王發呆幹嘛？這不就如妳的意了嗎？還是說……妳後悔了想要

繼續？」巴哈姆特揚起嘴角，刻意流露出一副想做壞事的表情，逼得羅娜趕緊從床上坐起身，猛搖著頭。

「哈，這就對了，不要傻乎乎地看著本龍王啊，我的御主。」看著羅娜用行動強烈表達出自己的答覆後，巴哈姆特聳了聳肩，笑著對羅娜說。

「不過，妳也不要會錯意了。」

「什麼？」

本以為危機已經解除，突然聽到巴哈姆特這麼說，羅娜再度繃緊神經。

「別以為這樣就結束了，本龍王只是暫時撤兵……妳脖子上的痕跡，就當作是訂金吧——之後本龍王會再跟妳索取補償的。」目光依序落在羅娜側頸、小腹和胸前的吻痕，巴哈姆特頗為得意地笑著，就像在和外人炫耀他的傑作。

羅娜一聽馬上將衣服拉攏起來，不讓自己的胸口若隱若現，縱使根本無法遮住頸子上的吻痕，她還是極為努力地想要掩飾這羞恥的痕跡。

「好好照顧自己……不管是不是假結婚什麼的……只要妳好好的，那就夠了，也算是把剩下沒做完的部分彌補給本龍王了。」

巴哈姆特站起身，轉過去背對著羅娜，瀟灑地邁開步伐，往房門外走去。

「巴哈姆特……」

看著巴哈姆特的背影逐漸消失在自己視線範圍內，羅娜一手揪著的胸口，不知為何有些隱隱發疼。

第六章

Scepter of Rose King

趁著聖王學園放假的這幾天，羅娜在愛麗絲阿姨的協助下，總算是半推半就地展開了她的「婚禮」。

沒有賓客，也沒有證婚人，小小的餐廳內，只有今天這場「婚禮」的主要成員。

「還沒好嗎？」門簾之外傳來熟悉的呼喚聲，一聽正是星滅正在有些不耐煩地催促道。

「快好了啦，小星滅你別一直催新娘子，要當個有耐心的男人知道嗎？」

代替新娘回應的人正是愛麗絲，她今天身兼多職，除了是在場主導婚禮流程的主持人，還是替羅娜梳妝打扮的新娘祕書。

她一邊忙著幫坐在梳妝鏡前的羅娜上妝，一邊還得出聲應付在外頭等到快受不了的星滅。

「我才不小了！別把本大爺當小孩看！」

在愛麗絲那樣說後，外頭立刻傳來星滅強力的反駁。不過聽在愛麗絲耳中，只是左耳進、右耳出，因為眼下她可沒那美國時間理會星滅。

「羅娜，妳再等我一下，快好了，我幫妳補個口紅……」

上。

愛麗絲拿出唇膏，轉開蓋子，用指腹沾了一點，輕輕塗在新娘小巧的嘴唇

「好了……搞定！」

終於放下手中的工具，愛麗絲滿意地看著自己的傑作，今天的女主角——

羅娜。

「羅娜妳看看，這樣如何？阿姨我覺得很漂亮呢，沒想到我家的男人婆姪

女也有這麼美的一天，阿姨真的很感動很欣慰！」

愛麗絲將雙手按在羅娜的肩膀上，頻頻點頭肯定鏡中的新娘有多麼美麗。

「阿姨，妳稱讚的方式可以改一下嗎？到底是在褒我還是貶我啊……」羅

娜有些苦笑地做出回應。同時，她凝視著鏡中的自己，其實某種層面上來說，

還真不能怪罪愛麗絲……

羅娜平常不怎麼上妝，頂多化個淡妝，只有在扮演「娜娜醬」時需要濃

妝……但怎樣都比不上真正的新娘妝容。

別看愛麗絲阿姨平常好像很隨性，但化妝技術真不是蓋的。特別是今日的

新娘妝容，就連她自己都震驚了，沒想到自己竟能如此典雅秀麗。

棕金色搭配大地色系的眼影，恰到好處地渲染著眼窩跟下眼瞼，將她本就不小的眼睛更加放大，變得深邃。長長的睫毛如扇子般搧呀搧，卻也不會過分沉重，相當自然且如同洋娃娃般動人。

肌膚更是在底妝跟安瓶加強保濕之下，宛如新生嬰兒般光滑明亮、吹彈可破，兩頰的腮紅點綴地恰到好處，不過分誇張，卻能讓羅娜的氣色相當紅潤。

鼻梁、兩頰跟下巴的打亮，也將羅娜的五官襯得比平時立體，最後是愛麗絲用來畫下句點的口紅，讓人眼睛一亮的朱紅色非常襯托羅娜白皙的膚色。

整體來看，羅娜非常滿意這次的妝容，美得不像是自己，甚至可以說是快認不出自己了。這也難怪會有這麼多人喜愛化妝，簡直是某種巫術或魔法吧？

不過，也不是羅娜要這麼說，若沒有基本的底子應該也無法這般美麗吧？

無論如何，至少在今天，這個算是特別的日子裡……讓她多少自滿一下也不為過。

「化完新娘妝後……真的更有一種要嫁女兒的感覺呢……」

愛麗絲看著羅娜，心中卻百感交集，這大概就是所謂嫁女兒的滋味吧……

「走吧，該準備進場了，新郎等妳很久了。」拍了拍羅娜的肩膀，愛麗絲笑笑地對著即將踏上紅毯的新娘道。

羅娜點了點頭，她撩起蓬鬆的裙襬，緩緩地站起身，漾著甜甜的笑容回應愛麗絲：「入場吧。」

在羅娜踏出新娘休息室的那一刻起，來自天花板的燈光全數暗下，最後只有一盞熾烈燦爛的白光投射在羅娜身上。熾白的光芒照耀著羅娜，音樂響起，即便是簡單的小型婚禮，該有的流程也沒有減少。

在羅娜登場的剎那，本來在現場等候的所有人，星滅、巴哈姆特以及站在最前方等待羅娜的新郎法哈德，全都在這一瞬間將目光定格在羅娜的身上。

「好美……」距離羅娜最近的星滅，不禁脫口而出，他的視線彷彿再也離不開羅娜似地，緊緊地鎖定在羅娜身上。

每走一步，星滅的目光就跟上一步，他就好似失了神，七魂六魄都被這位披著白紗、拖著長長禮服、慢步走進來的新娘勾走。

他本該感到妒嫉、感到埋怨，因為能夠牽起如此美麗新娘的男人並不是自己……然而，羅娜的美卻讓星滅幾乎忘了這件事，至少短時間內是如此，他的腦海跟雙眼只容得下羅娜美麗的身影。

再往前幾步，走在紅毯上的羅娜手持著純白無瑕的百合花束，逐漸經過巴哈姆特所在的位置。

和星滅的反應截然不同。

儘管雙眼也緊緊地跟著羅娜，他的眼神卻多了一股五味雜陳與煎熬。巴哈姆特的眉頭深鎖，平時向來能言善道的雙唇緊閉，沒有吐露出半句話語。

巴哈姆特只是深深地注視著羅娜。

他明知道眼前這一切都只是在演戲，羅娜和法哈德的婚姻毫無實質效益，更無法律保障。這麼做，都只是為了讓羅娜破除十九歲的劫難，唯有大婚才能沖喜破災。

這些，巴哈姆特都知道，腦海裡也一直有聲音提醒著自己，要自己不要太過在意。

可是感情本就由不得自己，倘若能那麼理性就好了。縱使是經歷千年歲月的龍王也不例外，無法逃脫感情的枷鎖。

在巴哈姆特的眼中，他心愛的羅娜是如此美麗，他一方面感嘆著從小看到大的女孩終於長大了，另一方面則是以一個異性的角度，深深地被羅娜的美所吸引，不可自拔。

巴哈姆特和星滅一樣，多麼希望那個能牽起羅娜的手、一同向眾人說出彼此誓言的對象是自己。

現實卻是如此殘酷，每當羅娜往前一步、更靠近站在最前方的新郎時，巴哈姆特的心就更痛一點，就好像被刀一點一點地切割。

隱隱作痛，卻什麼也不能說。

巴哈姆特下意識地舉起手，壓著自己的胸口，掌心感受到在骨頭底下的心臟正在疼痛著，好像淌著血般，只能眼睜睜目送自己最在乎、最重視的女人，一步步走進別人的懷抱之中。

即便苦不堪言，也有苦說不出。

倘若自己是牽著羅娜的那個人，握著她的手、彼此交換誓言，那該有多好。

哪怕只是逢場作戲，巴哈姆特都希望能是自己。只可惜這個願望只能是願望，在羅娜走向法哈德的那一刻起，一切都已注定。

反觀羅娜，真的有一種「我今日就是新娘」的心情，除了莫名緊張之外，也帶有一種難以言喻的喜悅。儘管知道這不是真的，但穿上婚紗就是有種魔力，一種會讓心飛揚起來的魔法。

踏上紅毯，除了緊張就是興奮，縱使周遭除了自己熟悉的人以外，再無其他賓客，羅娜仍有種被萬眾矚目的感覺。

臨時假扮的婚禮都這麼令人緊繃與期待了，不知真正的結婚典禮會是怎麼樣？

即便是平常務實的羅娜，也不禁在這個時候產生綺麗的幻想，直到她經過巴哈姆特身邊時，原本籠罩在心中的喜悅感頓時消散。

「巴哈姆特……」看到巴哈姆特的當下，羅娜不禁小小聲地叫出對方的名字。

這種感覺很奇怪，這頭老龍王明明是自己的式神，過去一直以來只把他當作可靠的伙伴跟長輩……不知從何時起卻變了調，害她每次看到巴哈姆特那張臉，都會不由自主地心跳加快。

除了心跳加快以外，現在還多了一股微妙的抽痛感，隱隱約約地……那份痛楚，彷彿是基於某種罪咎。

她明知巴哈姆特對自己的心意，甚至連對方的情欲都徹底體會過了……卻還是得違背巴哈姆特的心、背叛他的感情，繼續進行這場與法哈德的婚禮。

看到巴哈姆特此刻的神情，羅娜的心不禁揪痛，本來對於婚禮的喜悅之情都化做一種莫名的焦慮。

羅娜不敢再多看巴哈姆特一眼，她的眉頭蹙了一下，緊閉雙唇之後下意識地加快速度，走過巴哈姆特的面前。

這只是在逃避。但逃避並不可恥，某些時候也挺管用的……

抱歉了……巴哈姆特。

與巴哈姆特擦身而過的瞬間，羅娜在心裡說出這句道歉。

快步走向前後，等在前方的，是已經朝羅娜伸出一隻手來、隨時準備牽住她的新郎法哈德。

法哈德一身白色筆挺西裝，比起平時還要帥氣，本就有著迷倒女性魅力的他，今天看起來更是要迷倒眾生。

就連羅娜自己也忍不住被法哈德的魔魅俊美所吸引，一時間都忘了原本對巴哈姆特的內疚感。

法哈德難得將頭髮梳得整齊，與平常豪邁不羈的他有著十足的反差感，無形之間更添一種新鮮的魅力。

如此英俊挺拔的男人，不知在多少女性眼中，就是她們心目中的白馬王子。這樣的法哈德，叫羅娜怎能不心動？

她明白自己這樣是有點花心、舉棋不定，她誰都不想傷害，也希望誰都成為自己的重要伙伴……但感情這種事情，又該如何界定？又該如何拿捏？

有時候，真不是想的那樣簡單。

「我的百合花，妳終於來到我面前了……今天的妳真的很美，讓我覺得我是這世界上最幸福的男人。」法哈德溫柔地朝羅娜微笑說道。無論是他的聲音語調，還是他流露在臉上的表情，皆令羅娜明白，在自己眼前的這個男人，是打從心底地喜悅與期待這一刻到來。

這一抹笑，讓羅娜有種矛盾的感受。一方面是彷彿被融化的動心，另一方面卻又令她胸口難受。眼裡看著法哈德，心裡卻浮現出巴哈姆特的容顏，情緒內外交雜、相互排斥的感受讓羅娜不知該如何是好。

可是箭已在弦上，羅娜也只能繼續完成這已經進行到一半的婚禮。深吸一口氣，心臟怦怦跳著，心跳聲如擂鼓般敲打著耳膜，羅娜的心雖不平靜，她仍緩緩朝面前的法哈德伸出了手。

雖然她的躊躇，旁人都看得出來，法哈德更是心知肚明……儘管如此，法哈德仍是笑得迷人幸福，他輕輕地牽起羅娜伸出的手。

「無論如何，都謝謝妳做出了這個決定……我的百合花。儘管利用我也沒關係，只要能讓妳破除災難的魔咒，即便只是一場夢我也已經知足。」法哈德稍稍用力地握緊了羅娜的手，對著她如此說道。

「法哈德……就算是利用你這份感情……也沒關係嗎？」羅娜眉頭垂下，略為不安地望著法哈德，這個溫柔得很難想像是被人冠上「魔王」一稱的男人。

「沒關係的，請別小看我，我的百合花。當然，我自認會有那麼一天，妳我再也不必為此困擾。」法哈德一邊說著，一邊牽引羅娜站上前方的臺階，「現在，就讓我們替這一場婚禮畫下句點吧，我的百合花。」

在法哈德的引導之下，羅娜再度深吸一口氣後點了點頭。這時，一旁看到羅娜和法哈德就定位置後，愛麗絲趕緊以證婚主持人的身分上了臺。

上臺後，她拿起麥克風，對著眼前這對新人問道：「請問新郎，願意照顧新娘一輩子、呵護她、鍾愛她、直到終老嗎？」

面對愛麗絲的提問，法哈德轉過頭深情凝視著羅娜，再度露出令人心醉沉迷的笑容，堅定地回答：「我法哈德，願意賭上我的名字、性命、所有的一切去照顧呵護，以及鍾愛著我的百合花，直到終老。」

這句話聽在羅娜的耳中，縱使心知這次結婚只是過場……卻還是令她的心跳狠狠地漏了一拍。

羅娜嚥下一口口水，她眨了眨眼看著法哈德，一時間嘴巴有些乾澀。

當事者還沒反應過來，愛麗絲又將問題拋給了羅娜：「請問新娘，願意照顧新郎一輩子、陪伴他、扶持他、深愛他直到終老嗎？」

在愛麗絲問完話後，羅娜的心跳快到彷彿要跳出體外，明明說謊對她來說根本只是小事一樁，可是現在是怎麼回事？

為何反而在這時候她竟不知該如何回答？

怎麼辦，羅娜妳快恢復正常不要再當機了！這不過就只是一場戲！

「我……願意。」不斷告訴自己這只是一個謊言，一個必須這麼說的謊。

羅娜閉上雙眼，說出這短短的三個字。

只要熬過去就好，這件事情沒有這麼難，不過就是演戲而已……羅娜像是催眠一樣不停地在腦海裡反覆說著。

「那麼，新郎可以親吻新娘了。」愛麗絲對著面前的這對新人，展露微笑宣告。

話音落下，羅娜和法哈德彼此轉過身來，面對著面。法哈德深深地凝視著羅娜，他的一日新娘。

羅娜同樣注視著法哈德，她的一日新郎，雙唇微啟，有些微微地顫動。

她忍不住將視線偷偷看向一旁的星滅與巴哈姆特，前者明顯哭喪著臉，但緊咬牙關忍耐。後者，卻只是緊閉雙唇，眉頭深鎖，似乎正強行壓抑著自己的情緒……

這樣一來反而讓羅娜看得格外心痛。

她再回過頭來看著站在自己面前的法哈德，一臉徬徨不知所措，喉嚨之中彷彿有千言萬語卻無法訴說，就和她此時心中的百感交集一樣，十分苦澀。

「羅娜？」

法哈德的呼喚將羅娜注意力拉回，她眨了眨眼，重新將精神集中在當下的事情上。

「我可以吻妳了嗎……我的百合花？」法哈德紳士地詢問他的新娘。

「……嗯。」

知道不能再這樣躊躇下去，既然都到這個份上了，就沒有演到一半說不演的選擇，羅娜輕輕地點了頭。

看到羅娜首肯後，法哈德臉上那一絲陰霾終於掃去，他再度漾開笑容，按住羅娜的肩膀，將自己的頭逐漸湊近對方。

隨著法哈德的臉越來越接近，羅娜的眼簾也跟著緩緩閉上，在她完全闔上雙眼之前，她所瞥見的……不是法哈德的臉，而是巴哈姆特強行隱忍的神情。

吻，輕如鴻毛般落在羅娜的唇畔上。

心，卻被無形地扎了一針般發疼。

這到底是為什麼？本該感到快樂幸福的婚禮，就算只是假象……為何會如此心痛難耐？

她唯一能感受到的並非法哈德的吻……而是不斷在腦海裡播放的、巴哈姆特受傷的神情。

這一吻沒有任何重量，羅娜也在這一刻終於恍然明白……

自己最為在意、最為重視的是什麼。
因為這場婚禮，讓她明白了一個與這場婚禮最為矛盾與諷刺的答案。

第七章

Scepter of Rose King

「舉行完婚禮有沒有感覺哪裡不一樣了？」愛麗絲一邊吃著吐司，一邊睜大雙眼看著面前的姪女。

「說真的，沒有什麼特別的感覺。」羅娜不假思索地回答。

「怎麼會？妳再努力想一想，難道沒有覺得身體變輕啦？肩膀舒服多啦？哪怕一點點感覺都好？」愛麗絲難以相信地再次詢問。

羅娜只是再一次搖搖頭：「沒有就是沒有，妳說的那種狀況是被附身撞邪吧？我每天都有三個式神在體內，不管何時都覺得身體很沉重。」

「真是怪了……怎麼會完全沒有改變……那樣真的有效嗎……」愛麗絲一手托著腮幫子，眉頭深鎖。

「反正我們都盡力了，如果我安然度過十九歲，就表示劫數已經被打破了吧？」吃完早餐的羅娜站起身，端起碗盤走向水槽，「待會我要出門上學了，謝謝這幾天的照顧。」

「哇，天要下紅雨了，妳居然會跟我道謝？」聽到羅娜方才那番話，愛麗絲一臉訝異地對著羅娜問道。

「妳是被虐狂嗎？跟妳客氣一點妳還不想要？不要的話，我可以收回剛剛說……」

「不用！阿姨我很高興！天啊，這搞不好就是轉變！讓妳完成那場婚禮真的有差！」愛麗絲眼睛發亮，好像自己才是結婚的那個人。

「什麼跟什麼啊……我出門了。」

看到愛麗絲如此開心，羅娜也不想跟她多計較什麼。只是剛才被愛麗絲這麼一說，回頭想想，自己以前確實對阿姨有點沒禮貌。

算了，不管這是不是跟結婚或打破劫數有關，這都不算壞事吧？

離開愛麗絲的住家後，羅娜搭上公車往市區前進，一上車就看見了熟悉的身影。她率先朝對方呼喊：「小安，真巧啊！今天又遇見妳了！」

「咦？羅娜同學？」

安莎莉聽到羅娜的聲音馬上轉過頭來，一回頭就看見羅娜正和自己招手，隨後她便快速地走到安莎莉身旁的空位坐下。

「真巧呢，又遇見羅娜同學了，我們真是很有緣呀。」安莎莉微微笑著對羅娜說道。她仍是一身素淨的打扮，戴著厚重的眼鏡，梳著整齊的辮子，每次羅娜靠近她時總能從安莎莉身上聞到淡淡的清香。

「經過這幾次的巧遇後，我也這麼覺得。」羅娜點了點頭，肯定了安莎莉的話。

「是說羅娜同學這幾天放假都在忙什麼呢？之前本來想要找妳出去玩，但妳跟我說要忙一些事情？」安莎莉話鋒一轉，朝羅娜抛出問題。

羅娜有些尷尬地搔了搔自己的臉頰，僵硬地笑著答：「這個嘛……是挺忙的啦……哈、哈哈……」

她怎麼可能跟安莎莉說：我就是忙著跟自家式神假結婚啦！

這種話要是傳出去還得了？

肯定被人笑死！

「呵……感覺羅娜同學好像不願多說啊……沒關係，是我問得太隱私了。」安莎莉搖了搖頭，嘴角微微上揚說道。

「哈哈，倒也不是啦……但妳能這麼體貼，我就先謝謝妳了。」羅娜先是乾笑幾聲，接著向安莎莉道謝。

「嗯？羅娜同學今天真有點奇怪。」安莎莉突然轉過頭來，一臉意外地看著羅娜。

「哈啊？哪裡奇怪了？」

一天之內被兩個人接連說自己奇怪，讓羅娜也跟著困惑起來。

「感覺……妳好像沒有那麼武裝自己了。」安莎莉盯著羅娜，認真地思考後說出這句答覆。

「沒有這麼武裝？」

羅娜覺得頗為訝異，不過該怎麼說呢，不愧是一臉會讀書的好學生安莎莉，說起話來就和她家那個阿姨很不一樣。

「嗯，就是沒有那麼防備吧？記得以前，妳說話不是那麼客氣，也不會這麼主動熱情……」

「這麼說來……好像是那麼一回事……」

羅娜稍稍抬起頭來想了一下，被這麼一說，自己確實跟以前有點不同……真是不可思議，她本人還真是完全沒意識到。

「羅娜同學，這段期間發生了什麼事嗎？」安莎莉再度認真地詢問。

「呃，妳突然這樣我……我也說不上……」

又來了。

安莎莉的直覺真是敏銳。倘若她真的跟安莎莉說了，肯定又會被繼續追問更多……不行，她一定要想辦法死守這個祕密。

「啊，那個話說回來，妳有學園那邊的消息了嗎？上次不是要舉辦抽選式神的活動？後來因為入侵事件而暫停了？」羅娜腦筋動得飛快，趕緊想了另一個話題向安莎莉提問。

「那件事情啊……」

「嗯嗯，妳該不會真的知道點什麼吧？」

瞧安莎莉的這個表情，羅娜心想，這傢伙真的知道嗎？

看來還真是情報女王，任何消息都能被安莎莉捕捉到呢！

不過，這其中最大的原因……應該是安莎莉有個與聖王學園校長關係密切的家人吧？

「關於這件事，雖然當時入侵事件的詳細過程我不太清楚，校方也有意不讓太多訊息流出……」

「那個，我是想問，抽選式神的活動還會有嗎？入侵事件那個我沒打算問太多啦……」羅娜一點也不想聽關於入侵事件的詳細情報。因為比起安莎莉，她肯定知道的比對方更多。

再說，她可是身負找出「塔羅」內奸的祕密任務呢。

「噢，妳說抽選式神的事情嗎？」成功地引開話題，只聽安莎莉接下去說道：「聽說校方會重新舉辦抽選式神的活動，好像就在今天的樣子。」

「什麼？今天？這麼突然！」羅娜訝異地驚呼。

「噓，羅娜同學別說那麼大聲，這件事大概只有相關人士知道……聖王學園就是喜歡給學生們各種驚喜呢。」

「這倒也是。」

羅娜本只是隨口問問，沒想到還真被她問出這個驚訝的消息。

她正想和安莎莉繼續討論這個話題時，公車剛好到站了。她們只能先跟其他同學一起下了車，徒步往聖王學園前進。

「抽選式神啊……不知道我能不能抽到什麼厲害的式神呢……如果是SSR級的就好了……」羅娜望著天空，口中喃喃自語。其實她一直很期待抽選式神這項活動，當初本來十分期盼，都要怪可惡的塔羅破壞了一切。她原以為校方沒有要再舉辦的意思，畢竟多少會擔心塔羅又再一次進攻。不過，看來他們沒有這種顧慮，不愧是強大的聖王學園啊。

「相信以羅娜同學的運氣，應該能抽到很棒的式神才對。」安莎莉笑著回應羅娜。

「那妳呢？會期待抽選新的式神嗎？」羅娜轉頭問向安莎莉。

「我就不用了。」

「咦？」聽到安莎莉的答案時，羅娜有些意外地愣了一下。

「妳是覺得自己抽不到好的式神？還是？」

羅娜十分好奇，一般來說，身為御主都希望能抽到好的式神，最好是擁有SSR等級的式神來增強自身戰力。那為何安莎莉會斷然拒絕這麼好的機會呢？多少人是因為聖王學園有抽選式神的福利，才拚命考進來的？

羅娜實在不太明白安莎莉的想法。

「不，不是怕抽不到好的式神……而是我覺得，我只要有小狐就夠了。」

安莎莉搖搖頭，先是否定了羅娜的猜測，再向對方說明理由。

羅娜心想，安莎莉口中的「小狐」，應該就是她那有著狐狸尾巴、穿著寬鬆和服的美少年式神吧？

不過羅娜仍是不解地問：「為什麼這麼說？我沒有別的意思，也沒有要否定妳的式神，但他可是SR級的式神啊。雖然的確算是優秀，可是作為一名御主，若是有機會可以得到更高階的式神，不都會很期待嗎？」

「一般來說確實如此，但我本就不是依靠戰鬥能力的御主，應該說……即便抽到更好的式神，我也無法超越安倍……」安莎莉的聲音越說越小，羅娜有些聽不太清楚。

安莎莉剛剛好像說了……無法超越安倍？

難道是自己聽錯了嗎？

「啊，沒、沒什麼！我剛剛胡言亂語了，請羅娜同學不要在意。」察覺到羅娜用異樣的眼神看著自己，安莎莉趕緊重新掛上笑容，對著羅娜搖頭揮手。

「吶，我說小安。」羅娜突然臉色一沉，語重心長地叫著安莎莉。安莎莉有些意外地挑起眉頭看著羅娜。

「有時候，有人在前面等著被自己超越是很幸福的。當前方已經沒有人可以追逐和挑戰的時候……會很空虛的。」

「羅娜同學……」安莎莉的眉梢微微下垂，注視著羅娜的眼神中帶著五味雜陳情緒。

「雖然我好像沒什麼資格跟妳這樣說啦……我不清楚妳跟安倍之間的事情，但是我不認為有可以追逐的目標是件壞事。嘛，聽聽就好啦，哈哈！」羅娜用手摸了摸自己的後腦勺，有些不好意思。

安莎莉終於重新綻放笑容，雖略帶一點苦澀，她還是微微笑著對羅娜說：「嗯嗯，不會唷，真的很謝謝羅娜同學對我這麼說。儘管不能完全消除我心中的執念，但我感覺舒坦了一些。謝謝妳，羅娜同學。」

「哈哈，總之放輕鬆點啦，小安！」羅娜豪邁地拍了拍安莎莉的肩膀，爽朗地笑著道。

「呵……真是不可思議呢，羅娜同學。」安莎莉臉上本來殘留的一點苦澀，在此時已經全數不見蹤影，面對羅娜單純的笑容，她忍不住說道：「妳真的變了，雖然不知道為什麼，但我喜歡妳這樣的轉變。」

「唔，別這麼認真說這種話啦……」

被安莎莉這麼一誇獎，羅娜的兩頰一時間都熱了起來。安莎莉只是笑了笑，兩人之間稍稍安靜了下來，直到校內廣播突然傳來聲響，原本走在校園內的學生或師長都停下腳步，抬起頭來仔細聆聽。

「紅薔薇校區報告，紅薔薇校區報告。現在請一年級新生到螺旋樓接待大廳集合。重覆一次，請一年級新生到螺旋樓接待大廳集合。」

廣播結束，路上的行人重新邁開步伐，抑或跟旁邊的人議論紛紛，包括羅娜和安莎莉在內。

羅娜對安莎莉說：「那不是之前要抽選式神的集合地點嗎？難不成現在真要重新舉辦了？」

「看樣子應該是喔，走吧，我們快點過去瞧瞧。」

安莎莉點了點頭，隨即兩人便快速往紅薔薇校區螺旋樓的方向而去。

一抵達螺旋樓接待大廳，眼前的景色讓羅娜有些吃驚。

由於「塔羅入侵」的事件不過是一個星期前的事情，對絕大多數人都還記憶猶新。當時因為「塔羅」的關係造成螺旋樓內一片狼藉，沒想到才過一個禮拜，螺旋樓不僅整理得乾乾淨淨，還新增了許多設備。

還沒踏進螺旋樓內，羅娜就先被外圍的防護設備與巡邏飛行機吸引住目光，本來還有些年代感的螺旋樓搖身一變，成為具有未來科技感的新建築！

「看來咱們的校長……真不愧是厲害的領導人物，這麼有效率地將螺旋樓重新整修得比以往更新、更漂亮……」就連安莎莉也仰起頭來，望著這棟彷彿脫胎換骨的大樓，不禁讚嘆起這所學園的最高領導人。

「可不是嗎？能當上聖王學園校長的人，一定有兩把刷子吧……」羅娜也跟著回應安莎莉的話。畢竟這種效率還真不是普通人能做到的，不過誰叫這裡是聖王學園，某種層面上來說，也算合乎常理了。

「不只視覺上變美，連防護設備也做得更為齊全了。看來上次的入侵事件真的傷及了聖王學園的名譽。」安莎莉仔細端看螺旋樓周遭的防護設施，如此說道。

「總之我們快進去吧！我可是迫不急待要抽選式神了呢！」羅娜拉起安莎莉的手，快速往接待大廳前進。

一踏進螺旋樓的接待大廳，羅娜已經見到不少比她們更早抵達的一年級新生，賽菲似乎也早早就在現場等待。而在她之後跟著到來的，是後頭跟著一票同學的王任。

「哎唷，我說這是誰？不就是那個一臉窮酸的吊車尾羅娜嗎？怎樣？花嫁系好玩嗎？」王任一見到羅娜，便一臉痞樣地對著羅娜酸言酸語。

「哦？這不是王任同學嗎？一個禮拜不見，演技也是越來越精進了呢，扮演討人厭的機車角色真是一絕，不愧是影視系。」羅娜也不甘示弱地回嘴，面對王任這種人，就是不能稱對方的意。

「妳！看來還是很嘴硬嘛，只是不知道像妳這樣劣等的御主，能不能抽到優秀的式神了。」聽到羅娜的回應後，王任臉色一僵，先是氣得牙關打顫，只是很快又轉換表情，繼續對著羅娜發動酸言攻擊。

「什麼嘛，你知道今天是來抽選式神的啊？」羅娜不以為然地冷冷看著王任，她還以為這只有安莎莉和自己知道而已。

王任撥了撥額前的瀏海，得意地哼了一聲：「哼，妳當我是誰？我可是王任，我有什麼樣的背景，想提前知道一點情報也不過是小事一樁。」

「哦，都忘了你是暴發戶的大少爺了。不過就這點情報，我們也早就知道了。小安我們走吧，不理會這無聊的傢伙了……」

「給我等一下！」眼看羅娜轉身就要拉著安莎莉離開，王任趕緊叫住她。

「幹嘛？你又有何指教？」羅娜沒好氣地側過身，一臉嫌惡地看著王任。

「哼哼，妳以為自己知道的夠多了嗎？」

「所以呢？」

「什麼所以呢！哼哼，我就告訴妳吧，抽選式神並不是每一個一年級新生都能享受到的！」看到羅娜平淡的反應有些被打擊到，隨後王任又話鋒一轉，對著羅娜這麼說。

「不是每一個新生都能享受到？你這話是什麼意思？」羅娜納悶地皺起眉頭，就連在她身邊的安莎莉也好奇地偷偷往前湊近。

瞧見羅娜一臉不明白的反應，王任似乎頗為滿意，他得意地揚高下巴，說道：「雖然每一名新生都可以抽選……但就跟遊戲裡的抽卡一樣，不是每個人都能抽到式神。」

「啊，原來是這麼一回事，所以人人有機會，但不是通通有獎。」羅娜得到答案之後點了點頭。

「如何？這可不是妳這種窮酸吊車尾能夠知道的情報吧？還不快感謝本少爺……」

「但我現在知道了，即便我就是又窮又酸的吊車尾，也跟你一樣知道了呢。」

「妳！」王任氣得臉色刷白，正想走上前和羅娜「好好理論」時，螺旋樓接待大廳便傳來了廣播。

「螺旋樓廣播，螺旋樓廣播，現在請所有新生在接待大廳等候，即將展開抽選式神的活動。」

廣播清清楚楚地說明了這次召集新生的原因，除了王任和羅娜這些早一步得知消息的人以外，大多數新生都相當訝異。他們沒想到原本遭受破壞的抽選式神活動會重新開始。

在羅娜身邊的同學們紛紛露出喜出望外神情，有人期待，也有人緊張，隨著前方講臺再度掀開簾幕，打上熾亮的燈光，所有人的目光全都瞬間集中。

這似曾相識的畫面讓羅娜有些小小緊繃，因為上一次這景象才剛出現沒多久，就被「塔羅」的成員入侵破壞。

這一次，還會不會重演當時的情況？

在羅娜身邊的安莎莉注意到她的緊張，便小聲地安撫對方：「羅娜同學，妳別太緊張了，我想這次應該不會再像上次那樣了。」

「唔，被妳看出來了啊……好吧，我會放鬆一點……」被安莎莉發現後，羅娜有些不好意思地摸了摸自己的後腦勺。

「羅娜同學，如果妳真的會緊張，就把緊張的情緒安放在抽選式神這方面吧？」

「嗯，這倒是一個不錯的建議。」聽了安莎莉的話，羅娜頗為認同地點了點頭。她將目光從安莎莉身上移開，繼續看向前方的講臺。很快地，紅薔薇校區的區主任走上臺階。

「各位新生，今天我們能再次聚集在這裡、重新展開抽選式神的活動，不僅是因為抽選式神是每年新生的傳統，更是要展現出聖王學園的每一分子都不該畏懼任何意外，我相信，經過嚴苛入學考試的各位都具備這份勇氣。」

區主任說得十分堅定果敢，這一席話讓底下所有聆聽的學生們都紛紛點頭肯定。

羅娜也認同區主任說的話，確實如果這樣就害怕退縮的人，當初就該在入學考試時被淘汰。

轉換心情後，羅娜繼續認真聽著區主任說話。

「現在，我將說明抽選式神的規則。」

接下來的時間，區主任詳細地說明了抽選規則，一名新生只有一次抽選機會，且不保證一定能夠抽到式神，有接近百分之五十的機率會空手而歸。

再者，就是式神的等級的機率。R級式神機率最高，占七成；SR級的式神則接近三成；至於大家最想要的SSR等級的式神，機率只有不到一成，也就是說，只有一小部分的學生可以抽到SSR級式神！

本來高階式神就不是那麼容易獲得，但透過聖王學園這種特殊的抽選機制，機率又比平時更低。

在區主任說明結束後，現場學生都露出躍躍欲試的表情。每個人都在摩拳擦掌，又或者雙手合十、努力祈禱。

「呼，終於要抽了。」

羅娜深吸一口氣，試著調整自己的情緒。同時區主任的後方講臺應聲開啟，一臺約到成人膝蓋高度的機器緩緩上升到講臺中央。機器上垂掛著一條項鍊，鑲崁在項鍊中間的紅寶石散發出醒目璀璨的光芒。

早在和「塔羅」對戰時，就從魔術師口中得知了一點點關於這條項鍊的資訊。

不過，羅娜還是第一次見到這條項鍊的用途。

「原來只是掛在儀器上頭啊？」羅娜看著前方那條令人難以移開目光的紅寶石項鍊，喃喃自語。

「羅娜同學，妳在說什麼呀？」聽到羅娜在一旁自言自語，安莎莉有些好奇地問道。

「呃，不，沒什麼，我只是有點意外，那條項鍊看起來只是裝飾品啊……」

「嗯？裝飾品？」安莎莉仍是一臉不明白地看著羅娜。

「哎呀，我說我們還是認真聽區主任說什麼吧！」

羅娜只是難以理解，原來這條項鍊就只是放在機器上頭？只要這樣就能達到輔助抽選式神的效果？

「羅娜同學真奇怪呢。不過也是該好好專心了，妳看，第一個同學已經上場準備抽選式神了。」

安莎莉看向前方，在眾目睽睽之下，第一個走上講臺準備抽選的學生，正是本屆新生裡的優等生，以第一名成績考進聖王學園的賽菲。

「第一個抽選的人是他啊？該不會是依照考試成績排抽選順序吧？」羅娜看著賽菲，得到了這樣的推論。

「好像是這樣，妳看接下來準備上臺的，也都是名列前茅的學生。」

「呃，那我們不就排在很後面？」聽了安莎莉的話後，羅娜突然心裡一涼，看樣子她有得等了。

「不過應該沒關係吧？只是比較慢抽到而已，應該不影響什麼……」安莎莉苦著笑臉，試著安慰發現用成績排抽選順序而小小沮喪的羅娜。

「喔喔！對！反正遲早都會讓我抽到的嘛！哈哈哈！」羅娜聽完安莎莉的話後，心情大受鼓舞。

只是下一秒，區主任說的話，讓羅娜很快就再次遭受打擊。不僅是羅娜，安莎莉的心涼了一大半，這下連她也說不出任何安撫的話了。

區主任清了清喉嚨，站在眾人的面前，對著麥克風說道：「各位同學現在應該有部分的人察覺到，本次的抽選式神的順序是依照入學考試成績而定。因此第一名入學的賽菲同學就是第一位抽選者。」

區主任接著說：「別覺得這不公平，本來考試就是實力的鑑別，我們聖王學園……不，應該說是我們紅薔薇校區的作風，就是奉實力為圭臬。」

「還真是直接了當、一點也不委婉啊……」聽到區主任這麼說，羅娜的嘴角微微抽搐。

「其實，早有聽說每個校區的主任施行與教學的方式都有所不同，沒想到紅薔薇校區居然是實力主義啊……」一旁的安莎莉跟著應和。

「我說了，這本就是不公平的。也正是這份不公平，會促使你們更加努力。此外，還有一點，也就是關於抽選式神的機制。」

區主任的神情變得更加肅穆，就好像被一塊石頭重重壓住的感覺。

羅娜突然有種不太好的預感。

「那就是，這臺機器的式神數量是固定的，也就是說，前面抽選的人若是越快抽出SSR等級的式神，後面的人就越沒機會抽到。」

區主任此話一出，底下的學生們一片嘩然！

包含羅娜和安莎莉在內，他們的臉色瞬間刷青，彷彿心臟被狠狠地戳了一下般震驚！

「這、這是什麼意思？難道是說只要前面SSR抽出越多，後面的人就沒戲唱了嗎！」羅娜訝然地睜大雙眼，她簡直不敢相信區主任方才所說的話。不，與其說是不敢，更像是不願相信這如此打擊她的消息。

「似乎就像妳說的那樣，這種機制對後面抽選的人非常不利……看來是我太過樂觀了……」

「肅靜！肅靜！」

在底下同學一片議論紛紛的時候，區主任厲聲制止了學生們的騷動，很快便換來一片沉寂。

「現在，都已經知道規則了，我們就請第一名的賽菲同學開始進行抽選！」

在區主任的宣告之下，這場專屬於聖王學園新生的式神抽選活動正式展開！

大伙都將目光集中在首位進行抽選的賽菲身上，羅娜下意識地嚥下一口口水，等待這令人屏氣凝神的抽選過程。

只見賽菲面向前方這臺看似平凡無奇的機器，機器的平臺上開始發出綠色光芒，彷彿在訴說著已經準備就緒。在一旁的區主任便對賽菲說道：「賽菲同學，請你拿起那條紅寶石項鍊，戴在脖子上。」

區主任話音一落，賽菲便板著一如既往的撲克臉，拿起垂掛在機械上的紅寶石項鍊，往自己的頸子一套。

看到這一幕，羅娜心想：哦，看來還是當做項鍊使用，要套在脖子上啊……

反觀賽菲在套上紅寶石項鍊後，紅寶石就像裝了感應裝置一般，開始隱隱發光，微微照亮賽菲的頸部。

在區主任的指示下，賽菲將手伸向前方的機器，將手平放在類似平板螢幕的上方。這時，臺機器開始發出有如人工語音的聲音：

「抽選系統開始登入，本次啟動編號為〇〇一，辨別抽選者靈力……」

在傳來這段話的同時，平臺同步發出一陣又一陣的微弱白光。身為第一位抽選者，賽菲依然保持鎮定與沉默，不過卻在他臉上見到一絲不易察覺的緊張，他的眉頭蹙起，難得流露出冷酷以外的神色。

同樣的，和賽菲一樣繃緊神經的還有底下的觀眾，羅娜也是心跳加速地觀看著這場抽選式神的首秀。

羅娜握緊拳頭，她大概和臺下其他同學一樣，既緊張又期待，期待看到是否真能抽選出式神，卻又緊張地在心底祈求著——祈求賽菲不要抽到ＳＳＲ等級的式神！

「系統辨識完畢，現在開始選取式神——」

人工語音再次發聲，接下來的景象讓群眾不禁流露出驚奇的神色。一道五芒星陣赫然出現在賽菲腳下，以他為中心，脖子上的紅寶石項鍊跟著閃爍著紅光與金光。

起先是散發熾白光線的五芒星陣，接著快速地旋轉，投射出來的光芒在瞬間有了轉變！

「是五彩繽紛的光芒！」羅娜訝然地對著前方道。

「究竟賽菲同學會抽到什麼樣的式神呢……」安莎莉整顆心也跟著懸了起來，交疊在胸前的雙手下意識揪著衣襟。

在萬眾矚目下，賽菲的抽選結果終於出爐——

「系統判定，SSR等級式神，遠古的鋼鐵堡主——厄亥俄斯！」

系統音一出，式神的身影也頓時出現在眾人眼中，最高等級的式神一出便讓所有人都驚呆了！

「遠古的鋼鐵堡主——厄亥俄斯參上。我對自身的守備能力頗為自信，還請御主不吝於使用我，讓我替您擋下所有的災厄跟傷害。」式神厄亥俄斯以穩重的男性嗓音，對著準御主賽菲說出了兩人見面的第一句話。

「第一個就抽到最高等級的式神……喂喂，不是開玩笑吧？這樣叫我們後面的人要怎麼辦啊……」

「就是說，這叫後面的人情何以堪……還好我不是墊底的……」

臺下幾名學生彼此討論，由於賽菲的抽選結果讓不少人大為打擊，開始為後面的抽選感到焦慮。

好巧不巧，「墊底」兩字就這麼被羅娜聽見，她當下臉色一垮，卻什麼也說不出來。

「恭喜賽菲同學抽到ＳＳＲ等級的新式神，接下來第二位──」

在賽菲抽到式神後，一旁的區主任便扯了扯嗓子，對麥克風大聲說道。很快地，下一名準備抽選的同學便上了臺。

眼看賽菲帶著剛獲得的新式神離開講臺。對賽菲來說，事情並沒有因為抽完式神而結束，雖然式神承認了賽菲為御主，但兩人之間尚無正式的契約關係，因此賽菲很快便帶著這名令現場學生為之羨慕的ＳＳＲ式神離開螺旋樓大廳。

「真好啊……又是第一名考進來，又有超強的歐洲人手氣……為什麼我不是賽菲呢……他那麼歐，就算是最後一個抽也肯定能抽到SSR的吧……」

羅娜望著賽菲離去的背影，不禁投以羨慕的目光。

「羅娜同學振作點啦，不過才第一個而已，要相信還是有機會的！」安莎莉抓住羅娜的肩膀，使力地搖晃著她。

「我、我知道了啦……快住手別搖了……再搖下去我的腦漿也快晃出來了……」被安莎莉使勁搖晃之下，羅娜只覺得一陣天旋地轉。

「抱、抱歉……一時沒控制好力氣……」趕緊收回了手，安莎莉有些不好意思地賠笑著道歉。

「我說小安啊，平常看妳一副文學少女的模樣……實際上妳的力氣很大吧？」險些被晃出腦漿（？）的受害者羅娜，忍不住對安莎莉吐槽。

「咳咳，羅娜同學胡說什麼呢，沒有的事……」安莎莉目光閃爍，眼神向下，顯然一臉心虛。

不過羅娜也沒有繼續揶揄安莎莉，她的注意力很快又回到前方，看著第二名同學進行抽選。

五芒星陣再次顯現，光芒大作，輪番幾次的抽選隨著時間流逝，已經不知不覺來到第十個人。

到目前為止，除了賽菲一開始抽中的大獎，之後的十人裡，SSR式神再也沒有出現過，甚至有一半的人空手而歸，連最基本的R級式神都沒有抽到。現在這群聖王學園的新生似乎處在一種憂喜參半狀態中。

對還未上場抽選的同學而言，一方面是慶幸著SSR的名額可能還有，但另一方面，也證實了抽中式神的機率確實很低。

「希望我能抽到啊……不管是不是最高階的都沒關係，不要空手而歸就好……」

諸如此類的祈禱聲逐一浮現。身為尚未抽選的人之一，羅娜卻不這麼悲觀。

除此之外，透過這十人的抽選過程，羅娜也觀察出一套規則。

「小安，我發現一件事情。」

「羅娜同學，妳想說的，是抽選時的光影吧？」

「不愧是小安，馬上就聽出我要說什麼了！沒錯，我得到一個結論，抽到SR級式神的時候，五芒星陣會發出金色光芒，R級式神則是絢麗白光，若是什麼都沒抽到的話，就是灰暗光芒。」

「至於SSR等級的式神……就是五彩繽紛的光芒吧？」

「看來小安妳也很懂嘛！」羅娜一邊說，一邊笑著拍了拍安莎莉的肩膀。

「羅娜同學說笑了，不過只要掌握到這一點，我們就能提早知道究竟抽到何種等級的式神。」安莎莉有些不好意思地笑了笑，旋即拉回正題。

時間一分一秒地過去，前方排隊等候上臺抽選的人越來越少，羅娜和安莎莉也終於從最後面往前站到了第一排。

再過幾個人，就會輪到她倆，無論是安莎莉還是羅娜情緒都越來越緊張。

突然間，前方又是一陣五彩斑斕的光芒閃耀，看得羅娜和安莎莉的心都一瞬間揪了起來！

「恭喜獲得SSR式神——」

後面關於式神的頭銜與名稱，對羅娜來說已經不重要了。最重要的是，她距離抽到SSR式神又遠了一步……喔不，以機率來說，是遠了好大一步。

「我們的名額又少了一個……」揪著隱隱發疼的心口，羅娜深長地嘆了一口氣。

「哈哈哈，為了這點小挫折就如此沮喪嗎？我說妳這個吊車尾還真是沒志氣！」後頭傳來熟悉到令羅娜厭惡的聲音。雖然十分不耐煩，但羅娜還是轉頭去看聲音的主人。

「又是你這傢伙啊……王任。」羅娜沒好氣地瞇著眼看向王任。聖王學園本屆新生的大少爺，亦是同輩裡頭最讓羅娜頭疼的人。

「讓開，我這個比妳優秀的人要去抽選式神了，妳就看著我把最後一個SSR名額抽走吧。」王任抬高下巴，一臉高傲充滿自信，抬頭挺胸地往前方走去。

「我說王任。」

「嗯？妳突然叫住我，該不會是想阻止我抽到想要的式神吧？那是沒用的，吊車尾羅娜。」王任聽到羅娜的叫喚後，停住了腳步，眉頭一皺回頭過來看向羅娜。

羅娜立刻搖搖頭，聳了聳肩道：「抽選式神是你的自由跟權利，就算你這個人再討厭我也沒立場阻止。我想說的是……」羅娜的嘴角微微上揚，露出了不懷好意且帶有一絲惡作劇的笑容，「你三番兩次針對我……該不會……是因為喜歡我吧？」

說出這句話的時候，羅娜心想著，這樣就能剉剉王任的傲氣吧？就算不能打擊他，只要能夠讓王任感到難堪就夠了。

只是羅娜沒想到……

「唔！妳妳妳胡說什麼！我我我才、才沒有喜歡妳！」

完全出乎羅娜的意料，王任難得激動且舌頭打結地反駁羅娜的質問，就好像……他真的喜歡羅娜一樣。

「啊……王任同學……」安莎莉也聽見了王任的回應，一時間也露出稍稍吃驚的表情，「原來是這麼一回事呀……王任同學處處針對羅娜同學的理由，就是因為喜……」

「喜、喜什麼喜！都說了沒有！」王任再次堅絕反駁，握緊拳頭，兩頰不知道是生氣還是害羞而漲紅。只是他的這份說辭，不管是聽在安莎莉耳中，還是當事者羅娜的耳裡，好像都只是越描越黑。

「不、不跟妳們這兩個蠢貨說話了！再說下去會被愚蠢病毒感染！我要去抽式神了！」王任氣呼呼地掉頭就走，兩頰的紅潤卻還沒褪去。羅娜與安莎莉望著他的背影，看著對方幾乎是用跺腳的方式踏上臺階。

「王任這傢伙……其實意外單純吧？」羅娜輕輕地搖了搖頭，彷彿領悟到了什麼。

「或許是呢……被這樣的人喜歡真是困擾啊……妳說對嗎，羅娜同學？」

安莎莉同樣在一旁搖搖頭，略為感慨地問向羅娜。

「啊，是挺困擾的呢。」

「嗯，我想聽到妳這樣回答，王任同學大概會很傷心吧。」安莎莉一手托著自己的腮幫子，看向王任的視線裡摻雜了許多同情。

「先別說這些了，那傢伙要抽選式神了，我倒是挺好奇他會抽到什麼。」

羅娜打斷了安莎莉原本的話題，將注意力集中在在臺上準備抽選式神的王任身上。

很快地，王任和其他抽選者一樣，戴上紅寶石項鍊，將手放在平臺上，五芒星陣赫然出現在他的腳底之下，開始旋轉。

「王任到底會抽到什麼呢……」

羅娜握緊拳頭，比起其他人抽選時，她更希望這個人抽選落空。

「羅、羅娜同學……是、是五彩炫光！」安莎莉睜大雙眼，趕緊拉住羅娜的袖子指著前方驚呼。

「不、不會吧？王任那傢伙難道真要抽到ＳＳＲ式神……」同樣目睹五彩光芒自王任腳底散出，羅娜的臉色頓時刷白。雖然那道光好像比之前看到的還要短暫，一眨眼就轉換成普通金光，不過羅娜確確實實看到了五彩光芒！

臺上的王任似乎也知道這五彩光芒象徵著什麼，因而開心地咧嘴微笑，抬頭挺胸，準備迎接他預期中的ＳＳＲ式神降臨！

「恭喜王任同學獲得ＳＲ級式神——」

明明是恭喜的聲音，聽在王任耳中卻宛若晴天霹靂。

「Ｓ、ＳＲ……？怎、怎麼會是ＳＲ？」在臺上傻愣住的王任，難以置信地抬著頭看向自己面前剛被召喚出來的式神。

不僅僅是王任，底下的學生們也大都露出錯愕的神情，比如羅娜和安莎莉，她倆都傻眼地看著這個結果。

「五彩光芒不應該是ＳＳＲ嗎？」羅娜眨了眨眼，納悶地問道。

「對啊，怎麼會出一個ＳＲ的式神？」安莎莉也一臉匪夷所思。

「啊，難道跟剛剛五彩閃光很快就消失有關係？」

羅娜突然想起不久前見到的畫面，儘管只有短短幾秒鐘的時間，她確實目睹到那一瞬間奇特的光景。

「這麼說來，很有可能喔。原來五彩閃光還有這種區分啊……記下來了。」安莎莉恍然明白似地連連點頭。

這時王任也從臺上走了下來，至於他剛剛抽到的式神，似乎已被他隱藏了起來。

「那傢伙是有多不想接受自己抽到ＳＲ啊……」

羅娜瞇著雙眼看著王任走了過來，看他拖著沉重的步伐，雙肩垂下，就好像行屍一般，一臉備受打擊。

「啊……」

一不小心，羅娜就和王任的視線恰好對上，一時間，一種莫名尷尬微妙的氛圍籠罩著彼此。

「不、不要用那種眼神看我！我不需要妳的同情！」羅娜什麼都還沒說，就先被王任搶在前頭用激動的語氣斥責一番。

羅娜本想上前回個幾句，在她旁邊的安莎莉立刻拉住羅娜，搖了搖頭。羅娜看出安莎莉想表達的意思後，便閉上本來已經開了一半的嘴巴，往後退了一步，目送著王任走遠。

「在喜歡的人面前出了糗……心裡肯定比沒抽到ＳＳＲ還難過吧……可憐的王任同學……」雖然王任說不要同情他，安莎莉還是忍不住憐憫起來。

「喂喂，我說妳不要左一句喜歡的人、右一句喜歡的人好嗎？我並不想一直聽到這件事情……」羅娜沒好氣地看向安莎莉。安莎莉肯定是用一種看戲的心態才不斷反覆說的吧？

「呵，羅娜同學該不會是害羞了吧？」安莎莉回過頭，笑笑地看著羅娜。

「哈啊？誰害羞了啊？」羅娜馬上露出嫌惡又納悶的表情。

「呵呵，不多說了，終於要輪到我上臺抽選了呢。我就先去了，羅娜同學。」安莎莉笑盈盈地回應羅娜，隨後聽到前方在叫喚自己的名字後，便推了推厚重的眼鏡，往前走去。

「祝妳好運，小安！」在安莎莉準備上臺前，羅娜拍了拍她的肩膀。

對於朋友，羅娜從來都不吝於祝福。她一點也不擔心、更不在意安莎莉假使抽到ＳＳＲ又會少一個名額這件事。

她是由衷希望安莎莉可以抽到自己想要的式神……儘管安莎莉先前曾經提

過，似乎不想要其他的式神。

「謝謝妳，羅娜同學，我去去就回來。雖然我只要有小狐就夠了。」安莎莉對著羅娜回眸一笑，再回過頭去，便已踏上舞臺的第一個臺階。

在臺下學生的注視之下，安莎莉也迅速地被五芒星陣包圍，發出光芒……然而最終的結果，並沒有獲得任何臺下觀眾的驚嘆。

「果然和我期望的一樣呢，羅娜同學。」平靜地從臺上又走下來的安莎莉，掛著淺淺的笑，對著羅娜說道。

「小安還真是無欲無求啊。」

「不是喔，羅娜同學誤會我了，我只是自知我除了小狐之外，沒有把握能夠再和其他式神建立好關係……不像羅娜同學，有那麼多式神愛戴。備受寵愛的感覺，我大概是無福消受。」安莎莉笑著搖搖頭，對羅娜說出自己的理由。

「我怎麼覺得妳的話中好像帶有挖苦的意味……」羅娜微微瞇起雙眼，狐疑地盯著安莎莉看。

「呵，羅娜同學多疑了。啊，是不是要輪到妳了？快上去吧！」安莎莉先是笑了笑，隨後繞到羅娜背後，雙手用力一推。

「等、等等！不要推得這麼用力啦……」

毫無預警被安莎莉這麼一推，羅娜再次感受到這名眼鏡少女的巨大力氣。

果然，安莎莉是蠻力的代表！

羅娜被安莎莉半推半拉似地推上了舞臺，她站上臺的同時，臺下傳來議論她的聲音。

「又是那個做作的女同學……之前她不是裝成宅男女神『娜娜醬』來騙取人氣嗎？像她這樣的人怎麼可能會被幸運之神眷顧，抽到ＳＳＲ……」

「就是說，而且還真是貪心，她不是已經有三名式神了嗎？這樣她的靈力供應夠嗎？還是說……她其實是個淫亂放蕩的女人吧……想要多一點男性式神，你懂得嘿嘿嘿……」

底下兩名男同學正對羅娜竊竊私語，後方突然傳來一聲斥責：「我說你們不要亂下評斷！」

替羅娜厲聲打斷這兩人的不是別人，正是本來在後面休息的王任！

不僅被王任吼住的兩人一臉錯愕，在臺上準備抽選式神的當事者，在聽到這句話時也有些愣住。

「誰說擁有三個式神就不能再抽？誰說擁有三個式神就是淫亂放蕩？那麼那些實力強大的大御主們不都擁有五、六名式神嗎？難道你們要說他們需求很大？」王任站在旁邊的休息區，眉頭深鎖、表情嚴肅地對那兩人提出質問。

被他這麼一反問，兩名男同學頓時啞口無言，互相交換了眼神後，便悻悻然地轉身離去。

看到這一幕，平時總圍繞在王任身邊的朋友忍不住小聲好奇地問向王任：「那個……阿任……」

「幹什麼？你也想說羅娜是那樣的女人嗎？」王任轉過頭去，眉頭又皺了一下，神色看起來頗為凶惡。

「呃，不是那個意思……我只是納悶啦……就是阿任你平常都對羅娜很不客氣不是嗎？為什麼要替她說話啊？」

「誰、誰替她說話了啊！我只是就事論事！」

王任這麼一說，詢問他的男同學露出一臉「哈啊」表情，整個人滿頭問號。

「我只是覺得那樣太沒意思了，我也是要成為頂尖優秀的大御主的人，有多少式神就收多少式神是我的野望！難道我也是那種放蕩之人嗎！」

「呃……不、不是……阿任怎麼可能是呢……」

「所以你明白了吧，我才不是為了那個女人說話，我是在替自己辯駁！」王任抬高下巴，說得振振有詞，隨後他將視線投向臺上的羅娜：「那女人隨便抽什麼都可以，但我可是一點也不想讓她抽到SSR！」

「阿任還真是不坦誠啊……」

「你剛剛說什麼？」王任的眉頭一皺，回過頭質問朋友。逼得對方趕緊僵直身體、搖頭否定。

「沒有沒有，我剛剛什麼話都沒說，阿任你肯定聽錯了。」

「嗯，我就不追究了。」

對著朋友點了一下頭後，王任很快便將注意力重新回到臺上，目光集中在羅娜的身影上。

被王任所注視的對象，同時也是現場所有人焦點的羅娜，面對著這臺神祕的抽選式神儀器，心跳加快。

看著別人抽選的時候都沒如此緊張，原以為看了那麼多遍，自己多少習慣了一些，結果當自己上臺時，還是無法抑制地緊繃神經。

羅娜拿起垂掛在儀器上的紅寶石項鍊，心中五味雜陳。看到這條項鍊，就會想到當初和「塔羅」成員魔術師與戰車交手時的種種……不對，在這時候想這個幹嘛？

不清楚別人是怎麼想的，但羅娜相信自己在抽選時的情緒很重要，若想抽到好的式神，就必須好好沉澱心緒。

深吸一口氣，調整好情緒後，羅娜將手伸向前方的平臺。

「神啊——請賜給我一名優秀的式神吧！」

羅娜在閉上雙眼抽選的當下，小小聲念出這句話。隨即，腳下的光芒大作，羅娜隔著眼皮都能感受到光芒的刺亮。

羅娜緩緩睜開雙眼，看到一道毫無懸念的五彩光海籠罩著自己。

「這……這是……五彩的光……！」訝然地睜大雙眼看著環繞周身的光芒，羅娜簡直難以置信。

這段時間，在臺下關注著羅娜的安莎莉和王任，都不約而同地屏氣凝神，等待最終結果出爐。

五彩繽紛的光芒並沒有很快消失，反而出現了奇怪的現象。

「時間……五芒星陣持續發光的時間是不是有點長啊？」安莎莉注意到這件事，她看了一下手表，剛好證實了她的猜測。

「時間太長了……這到底怎麼回事？該不會是機器壞了吧？」王任也跟著在意起來，眉頭深鎖地看著前方。嘴上雖不說，實際上內心卻替羅娜感到焦急。

羅娜同樣感到十分困惑，本來看到五彩光芒而暗自欣喜，現在卻多了一絲難以言喻的不安。

「這到底是怎麼回事……」

羅娜嚥下一口口水，望著這持續了好一陣子的五彩光芒。最後，光芒終於散去，好似什麼都不曾發生一樣。

光芒褪去，出現在羅娜與眾人眼中的，是一道半蹲在地、並以拳頭抵住地面的身影。

「這是……我抽到的式神……？」

羅娜眨了眨眼，愣愣地看著自己面前出現的陌生身影。她還沒來得及仔細觀察，但對方那一身巧克力色的肌膚非常醒目。目測下來，應該是……男性？還是……女性？

以這低著頭的姿態，好難看出對方的真實性別啊！

但當前最重要的不是這個問題，這傢伙到底是什麼等級的式神啊！

明明是五彩繽紛的光芒……怎麼說都應該是ＳＳＲ才是。但看著眼前這名式神，羅娜心中又有種對方實在不像是ＳＳＲ的感覺。

羅娜將視線看向一旁的區主任，看來只能等區主任親口說出究竟是何等級的式神了……

「羅娜同學，我該說妳是極為幸運……還是極為不幸呢？」區主任轉過身來說道。這句話聽得羅娜一頭霧水，完全無法理解區主任的意思。

「那個……區主任……不好意思，我不太明白你的意思……」

「羅娜同學，我還是第一次看到有人抽出這樣的結果……」

「等等，這句話讓我好不安啊，能不能直接說我究竟抽到了什麼？」

區主任的話令羅娜越聽越覺得不對勁，更加心急地想要得知答案。

「根據系統後來給出的判定……這名式神的等級是……」

「式神的等級是……？」羅娜不自主地重複了區主任的話，頻頻吞了幾口口水。

最終，羅娜所等待的答案終於出爐。

「是——N級式神。」

「N……N級式神？」

連續眨了幾次眼睛，羅娜難以接受自己聽見的答案。錯愕、傻眼等種種情緒翻湧而出，這個答案簡直殺得她措手不及。

「系統是這麼判讀的。」

「我不明白……不是啊！不是說這次的抽選式神裡不包含N級式神嗎？最低就是R級，要不然就是沒抽到，為什麼我會抽到N級式神啊！」

羅娜實在難以接受這個答案！

這和說好的不一樣啊！

況且，剛才明明有五彩繽紛的炫光，照理來說，就算不是SSR也總該跟王任一樣抽到SR吧？

N級也太誇張了！

「羅娜同學，我知道妳難以接受，但事實擺在眼前，還請領走妳的新式神下臺吧。」

區主任板起本就嚴肅的臉孔，對羅娜下達了驅逐令。羅娜儘管滿腹的不願意，仍是無可奈何，只得照著區主任的意思離開講臺。

羅娜瞄了一眼還半跪在地上的式神，不禁有種莫名的憐憫。再怎麼說也是自己抽到的式神，總不能因為他是最低階的N級式神，就這麼無視他把人家晾在那吧……

「你起來吧，先跟我下臺，再告訴我你叫什麼名字？」

羅娜看著對方，直到那名式神抬起頭來，一時間，羅娜竟被對方那出人意料的美麗臉龐所震懾住了。

「是的……御主大人。」

僅僅只是與對方的眼神接觸，羅娜便有一種彷彿靈魂都被奪走的錯覺。眼前這名式神，尊敬地稱呼自己為御主大人的式神……

實在太過絕豔。

羅娜這輩子從未看過如此妖豔美麗的存在。對方的美超脫性別，甚至讓羅娜認為若用男女來框住他的美，都實屬可惜。

「御主大人，鄙人名為『凡卓斯』。往後的日子，請讓不成才的鄙人侍奉您直到終老。」自稱「凡卓斯」的式神如此說道。

從對方的嗓音來判斷，應該是個男性的式神吧。

雖然被凡卓斯驚為天人的美貌所折服，羅娜卻對他謙卑到有些自貶的說話方式感到意外。雖然有禮貌是好事，但很少看到式神如此過分自謙，甚至給她一種有些自卑的感覺……

一般來說，式神雖然會聽令於御主，但大多數的式神生前都是各領域曾經小有名氣或有傑出表現之人。曾經的風光，讓式神們普遍都有種自信……但凡卓斯卻不一樣。

凡卓斯就像是楚楚可憐的奴隸一般，盼著御主收留自己。

面對凡卓斯，羅娜心中的各種情緒錯縱交織。

第八章

Scepter of Rose King

「御主大人？御主大人您在嗎？」

凡卓斯尊敬地呼喚著羅娜。羅娜本來躺在宿舍的床上，抽完式神後，她便回來想補眠休息，不知為何，總覺得抽選式神好像莫名地消耗她許多精氣……

大概是心情大起大落的關係吧？

現在，羅娜聽到來自凡卓斯的呼喊，一時間還有些不習慣這名新式神的聲音。她緩緩爬起身，一轉頭就見到凡卓斯又單膝跪在床邊，恭恭敬敬地等待著她的回應。

一見到凡卓斯跪在自己床邊，羅娜馬上被嚇醒了。原本惺忪的睡意頓時消失，她露出有些驚慌的表情問凡卓斯：「有、有什麼事嗎？」

自家的那三個式神，沒有一個會對自己這樣做，也絕對不可能這麼做！

該說是受寵若驚呢？

羅娜實在太不習慣了！

「御主大人，收到來自校方的通知單，上面標示著紅薔薇校區辦公室的來信。」凡卓斯依然跪在羅娜面前，他抬起頭來，高舉手中的信件對著羅娜恭敬地說道。

「我說……你別一直用那種小狗的眼神看我啊……」

「嗯?御主大人,您剛剛說了什麼?」凡卓斯一臉納悶地微微歪頭,再搭配他那一雙深邃、楚楚動人的銀色雙眸,又在不經意間給予羅娜一次衝擊!

生命值減999!

「御主大人?御主大人您怎麼一臉頭暈的樣子?御主大人您沒事吧?難不成是鄙人哪裡得罪您了嗎?若是這樣的話,鄙人只好去切腹謝罪……」

「等等等一下!誰讓你切腹了啊!」

眼看凡卓斯看似認真地秒速起身,準備執行切腹謝罪(?)之時,羅娜趕緊拉住對方緊急制止。

「御主大人?」

被強硬攔阻下來,凡卓斯一臉錯愕地看著羅娜。從他的反應來看,這傢伙方才是真的想要切腹啊!

不會……吧?

為了這點小事就要切腹自殺……

羅娜忽然覺得這名式神著實非常棘手。

「我說你不要隨隨便便就把那種話說出口好嗎？況且你根本沒有得罪我啊。」

羅娜嘆了一口氣，本想稍微責怪一下凡卓斯，可是只要一對上對方那楚楚可憐的雙眸，羅娜就不忍心再多責罵幾句。

「是這樣嗎……太好了，御主大人沒有生氣太好了呢……」

凡卓斯垂下頭來，一副做錯事的孩子般，似乎暗暗地鬆了一口氣。看在羅娜眼裡，她實在不太明白凡卓斯的想法怎會如此扭曲？

算了，先不想這個了，先看看紅薔薇校區寄來什麼信吧。

羅娜拆開信件，凡卓斯則在一旁繼續待命。羅娜打開信後一看，流露出恍然大悟的表情。

「原來是這麼一回事啊……」

羅娜看完信中的內容後，總算可以稍微理解當初抽選式神時遇到的情況了。

信中提到，當初在她進行抽選的時候，確實是散發出五彩繽紛的光芒，照理來說，應該有很高的機率會抽到ＳＳＲ級式神。

但為何結果出乎意料，讓她抽到本該不應抽到的Ｎ級式神呢？

根據校方的調查，似乎是抽選系統出了差錯。那時五彩光芒持續了好長一段時間，便是系統處於當機狀態。

校方的說法是，系統認為凡卓斯似乎是ＳＳＲ級的式神，但從他的靈力來看，卻又完全不符合這個等級。於是系統出現混亂，導致五彩光芒持續了很長一段時間，最後卻判定凡卓斯為Ｎ級式神。

抽選式神的系統很少出錯，至少紅薔薇校區的區主任表示，在他任職期間從未見過。沒想到這難得一見的差錯就發生在羅娜身上。

從未見過這樣的事情發生，這引起了區主任的注意。在抽選式神的活動結束後，區主任便命令部屬調查，最後調查到一個勉強說得過去的原因。

讓系統判斷錯誤的因素……似乎就出在於凡卓斯這名式神身上。

凡卓斯，曾經一度為ＳＳＲ等級的式神。過去曾短暫出現在靈務管理局的式神名單上，並曾與一名御主締結過正式契約。

然而，卻不知道什麼原因，那名御主失去所有靈力，也讓凡卓斯的靈力一同喪失，變成幾乎沒什麼用處的Ｎ級式神。

在那之後，凡卓斯就不曾再現身於世，直到被羅娜再次抽選出來。

看到這裡，羅娜大致理解了事情的經過。雖然多少覺得有點不可思議，但木已成舟，至少區主任很負責地給了她一份報告說明原由，羅娜也算是釋懷了些。

不過……沒想到凡卓斯也曾是等級那麼高的式神啊……

那不就和巴哈姆特一樣嗎？

從凡卓斯的經歷來看，他似乎也走過一段苦澀的時期吧……

真要說的話，凡卓斯的美貌絕對是SSR級別的。

想到這裡，羅娜忍不住打量起凡卓斯的美貌。帶有神祕色彩的巧克力色肌膚，隱約透著光澤。紫色長髮滑過腰際，宛若一條紫羅蘭色瀑布，隨著身體微微搖擺晃動，無形間增添一股難以言喻的嫵媚。明明是男性式神，卻總讓羅娜聯想到「妖嬈」兩個字。

他澄澈的銀色雙眸就好似有魔法一般，只要被他盯住，就無法移開目光，彷彿靈魂都被牢牢地抓住。

凡卓斯的美讓人沉醉，可是他的身材卻一點也不瘦弱。結實飽滿的胸膛，凹凸有致的腰線，即使有一張過分俊美的臉孔，也沒有太過柔弱的氣質。

羅娜看著凡卓斯，心想自己某種層面上來說挺幸運的吧？總是能收到外貌超水平以上的男性式神。

「御主大人？您怎麼一直盯著鄙人看呢？鄙人的臉上有什麼嗎？」感受到羅娜的視線，凡卓斯納悶地問。

「呃不，沒有。只是我說，單純好奇喔，你有沒有常常被人說長得很好看？」

「御主大人對此很介意嗎？」

「啊？也不是介不介意的問題啦。」

「如果御主大人介意的話，雖然鄙人的力量比最初相較不足，但鄙人願意為御主大人消滅說過那種話的人。」

凡卓斯的回答著實出乎羅娜的意料之外，而且從他的表情跟眼神來看，好像不是在開玩笑。

或許，凡卓斯其實是個病嬌？

而且還無形間把自己誇讚得如此自然？

「不用這樣啦，我都說了只是純好奇。倒是有一件事，我想該進行一下了。」

羅娜轉過身來面對凡卓斯，凡卓斯則一臉納悶地看著羅娜。

「請問御主大人要進行什麼？需要鄙人的幫忙嗎？」

「沒錯，需要你一起參與，但不是幫忙啦！」羅娜站起身，雙手按在凡卓斯的肩膀上，「喏，先站起來吧，凡卓斯。難道你到現在都沒有想過要做那件事嗎？那可是一般式神都會想到甚至汲汲營營也要做的事吧。」

「啊，難道是……」

「看來你總算意識到了。」

「請問您是要與鄙人締結式神的契約嗎？」

凡卓斯問得小心翼翼，好似非常擔憂的模樣，讓本來就楚楚可憐的感覺更強烈了。看著看著，便讓羅娜有一種難道是自己欺負了對方的錯覺。

「是呀，這不是很正常的事嗎？你被我抽到了，自然要跟我訂下正式契約啊。」

羅娜很意外那樣的話會從凡卓斯的口中說出，徹底顛覆過去她對式神的了解。

「確實……但是……」

凡卓斯眼簾低垂，若有所思，好似有苦難言的小媳婦。羅娜忍不住問道：「難道有什麼不好的經驗嗎？讓你有這麼不同於一般式神的反應……」

被羅娜這麼一問，凡卓斯的表情更為凝重，雙唇微微顫動，似乎想說什麼卻又無法說出口。

看到這樣的凡卓斯，羅娜無奈地嘆口氣，轉換詢問的方式：「那麼我換個問法，凡卓斯，你想不想與我訂下正式契約？」

這是她有史以來第一次問出這種問題。凡卓斯真是一個很奇妙的式神，難道是因為N級的關係，才讓他如此自卑嗎？

不，感覺好像還有其他原因。

「鄙人當然想，鄙人想要找尋一個可以締結契約的御主好久、好久了……可是……」

「沒有什麼可是，現在這個機會就在你面前，不管什麼其他因素，你只要好好把握住就夠了！」羅娜認真地對著凡卓斯說道。

被羅娜這麼一說，凡卓斯有些訝異地微微睜大雙眼看著羅娜，彷彿瞬間屏住呼吸，好似很難想像羅娜竟會對自己說出這樣的話。

「來吧，不管你有什麼理由，就算用強的我也要和你訂下契約。」

「為什麼……為什麼您要對鄙人這麼好呢……就不怕N級式神成為您的負擔？再說……」凡卓斯像是掙扎了好一會，才小小聲地吐出這句話：「鄙人……是會給御主大人帶來不幸的式神啊……」

用著卑微且微微顫抖的聲音，凡卓斯說出了藏在心裡許久的心聲。他在說出這句話後，目光完全不敢看向羅娜，只低著頭，就好似做錯事的孩子。

可羅娜明白他明明什麼也沒做錯。

羅娜伸出手，再次將手放在對方的肩膀上。

「凡卓斯，站起來。」羅娜以命令的口吻，嚴肅地對著凡卓斯道。

凡卓斯先是一愣，接著順從地站起身。

「你是式神，就算是N級那又如何？不要妄自菲薄！」羅娜稍稍抬起頭，看向比自己高出許多的凡卓斯，但氣勢上完全不因身高落差而減弱。「我不管你過去發生什麼讓你產生那樣的想法，既然是我抽出來的式神，我不可能這樣放任你、不跟你締結契約。式神一旦超過三天沒有御主供給靈力就會徹底消散，無論你有沒有關係，反正我絕對不能接受！」

羅娜說完便朝凡卓斯伸出手，「搭上我的手，答應成為我的式神！」

無論是羅娜的眼神，還是羅娜的話語，都深深地、如強而有力的砲彈射進凡卓斯的心坎。

凡卓斯深吸一口氣，他慢慢舉起顫抖的手，用恭敬又帶點怯意的姿態，覆蓋住羅娜朝自己伸出的手。

「……只要御主大人不嫌棄，鄙人願意成為御主大人的式神。」

當凡卓斯覆蓋住羅娜的手時，羅娜嘴角微微上勾，很快將手握住對方：「那麼，現在就展開訂定契約的儀式吧。」

「御主大人……那個，該怎麼啟齒呢……」凡卓斯眉頭微微蹙起，顯然是想說什麼卻難以啟齒。

基於好奇，凡卓斯表現得越扭捏，羅娜就越想一探究竟。她馬上問道：「到底想說什麼？在我面前不需要不好意思！」

「那麼……無論您聽到什麼，都請勿責怪鄙人？」

仍是小心翼翼地詢問羅娜，凡卓斯這種處事謹慎過頭的態度有時也讓羅娜十分困擾。羅娜想都沒想就立刻答應：「沒問題！快說吧！到底怎樣？」

「鄙人……不是那種一般契約儀式就能完成締結契約的體質。」凡卓斯面對羅娜時，那一雙美麗的雙眸不斷閃避羅娜的視線。

「呃，所以……需要什麼特別的方式嗎？」

羅娜也不是沒聽說過，確實也有一些式神在訂契約時，需要用比較特殊的方式進行。只是那都算少數，也通常跟式神本身的背景有關。

對於凡卓斯，羅娜的確不太了解。畢竟凡卓斯是她透過抽選得到的式神。不過凡事都有第一次，偶爾讓她遇到這類需要特殊方式才能訂定契約的式神，想想也算是一種歷練跟增長見聞。

「御主大人，您恐怕對鄙人不甚瞭解吧？」

凡卓斯突然話鋒一轉，讓羅娜有些不好意思地尷尬地笑了一下。

「啊哈哈哈……還真是無法反駁啊。不過這也不能怪我，我可是突然抽到你的喔。」

「嗯，御主大人請放心，鄙人絕無怪罪御主大人的意思。只是沒想到，鄙人的名聲原來不如自己預期……是鄙人的失策，是鄙人太過默默無名了。」

「我說凡卓斯，你不用一直認為都是自己的問題啦……」聽到凡卓斯這麼說後，羅娜的額頭彷彿又出現了三條黑線。

「順便趁這個機會，讓我認識一下你如何，凡卓斯？畢竟我們都是要成為正式御主和式神的關係了。」

「好的，那麼鄙人先自我介紹一下……鄙人名為『凡卓斯』，原為隸屬魅惑的外神，異族眼中的淫亂之魔。」

當凡卓斯說出這段驚人的自我介紹之際，羅娜一臉傻住似地愣了愣，眨了眨眼，過了一會才好不容易回過神來問道：「外神？淫、淫亂之魔？」

天啊，她剛剛究竟聽見了什麼勁爆的關鍵字啊？

「鄙人在被降格為N級之前，曾是邪教信徒膜拜的淫亂之神，是一般人眼中淫亂的魔物。在他們眼中，鄙人是迷惑眾生、使其墮落的毒蛇，引誘體內欲望噴湧而出的引子，更是讓處女和童子不再純潔的魔鬼……」

凡卓斯眼簾低垂，低聲地說出一連串讓羅娜都不禁臉紅心跳的形容。她忍不住出聲阻止：「等等等！等一下！雖然不清楚怎麼回事，但我大概明白你的身世了！」

「這樣說您就真的明白了嗎，御主大人？」凡卓斯抬起頭來，仍有些懷疑地盯著羅娜。看著凡卓斯宛如小狗臉般單純地望著自己的臉孔，羅娜非常懷疑這樣的傢伙怎麼會是什麼……淫……淫亂之神！

「這樣我就明白了，真的。」

「真的嗎？若您不懂的話，還是由鄙人來跟您做進一步的解釋吧。比如淫亂行為，便是指讓女性沉溺交媾之歡、讓男性沉迷情欲女色……」

「真的懂了！你用不著特別解釋！」

一聽到凡卓斯似乎想深入講解下去，羅娜立刻踩煞車似地打斷對方的話。

「話說回來，到底要怎樣跟你進行契約？是什麼特殊的方法啊？這和你是什麼淫亂之神有什麼關係？」羅娜好不容易制止了凡卓斯，又把話題拉了回來，重新放在訂定契約的事情上。

這還是她第一次這麼費盡心力要和式神締結契約，以前都是由式神來請求自己的吧！

「御主大人，雖然鄙人認為您需要解釋，但還是讓鄙人直接引導您進行契約儀式吧。」

「都說不需要解釋……」

羅娜話還沒說完，忽然感覺整個人像被無形的力量操控一樣，整個人硬生生倒在床上。

「御主大人，請容鄙人再詢問您一次——您確定要和鄙人訂下正式契約嗎？」

凡卓斯那張舉世無雙、俊美妖嬈的臉龐赫然出現在羅娜的視線正上方。

撲通。

撲通。

撲通。

莫名其妙，心臟比平時還要強力地跳動著。

這突如其來的轉變，令羅娜的腦袋一片空白，只能傻乎乎地睜大雙眼看著凡卓斯。

「我、我當然要訂契約啊，事到如今還說什麼傻話……」腦袋當機了幾秒鐘，羅娜才做出了答覆。

沒想到，在她眼簾之中，那張比女性還要嫵媚勾人的臉龐，竟在此時嘴角微微上揚。

這還是羅娜在接觸凡卓斯後，初次見到對方的微笑。

那抹笑容實在太好看了，害羅娜的心臟又不爭氣地加速跳動。本來還想多欣賞幾秒，但凡卓斯很快就將那抹笑容收了起來，重新回到原本總是帶著一點無辜的謙卑表情。

「既然如此……鄙人先向御主大人告罪，請御主大人原諒鄙人……」雙手撐在羅娜的兩側，凡卓斯垂下眼睛，好似在對羅娜懺悔，聲音越說越小、越說越顯得可憐。

反倒羅娜還在狀況外，她壓根不清楚為何凡卓斯要一直向自己道歉與請求諒解。

只是這個情景好像有一點似曾相識……

不好的預感從羅娜腦海裡跳了出來。

「御主大人，鄙人曾是一些信奉邪教之人心中的淫亂之神，用粗淺一點的方式表達，就是所謂的淫魔吧。」凡卓斯明明說著令人害羞的話語，表情卻越來越楚楚可憐，「認真來說，其實他們說得並沒有錯……很抱歉，御主大人，倘若不用稍微淫亂一點的行為……恐怕鄙人很難順利和您訂下契約呢。」

「所以，你的意思是……」羅娜嚥下一口口水，其實她已經知道答案了，但彷彿不願面對現實，又多問了一次。

面對羅娜，凡卓斯以語重心長地說出答覆：「御主大人，鄙人必須與您進行親密行為才能順利訂下契約。」

「啊啊啊啊啊啊……果然又是那麼一回事……」

羅娜一陣頭暈，她就知道會是這樣。上蒼到底是有多愛捉弄自己？為何她總是三番兩次遇到這種類型？好像全天下的男性都覬覦她的肉體？

「那麼……御主大人，您還要與鄙人訂下正式契約嗎？很抱歉，鄙人必須要這麼做，否則無法與您心靈相通。講直白一點，鄙人是先有性才有愛的類型……」

「不用說了，我已經明白了。」羅娜直接打斷凡卓斯說的話，她嘆了一口氣，再次問道：「也就是說，你必須在親密的行為下，才能順利完成契約，對吧？」

「是的，鄙人知道這聽起來很荒謬……但鄙人就是這種式神，也因此才會過了那麼久，都沒有找到合適的御主。一般來說，靈人若想成為鄙人的御主，聽到這裡就會打退堂鼓了……」

「你也認為我會打退堂鼓，是嗎？」

「不，鄙人並沒有那樣說，但是……」凡卓斯欲言又止。

「的確，一般靈人聽到這樣的要求，都會覺得很奇怪，加上你也不是SSR等級的式神，並沒有多大的吸引力讓人覺得非你不可。」

「您說的沒錯……若您不願意的話，鄙人也絕對不會怪罪您……」

「你真是奇怪。」

「御主大人？」突然聽到羅娜這麼說，凡卓斯訝異地看著對方。

「你是式神吧？不管是什麼等級，式神會害怕沒有御主、失去供給靈力而消失吧？但聽起來，怎麼像是你故意誘導我不要和你訂下契約？你就這麼想消失？還是——」

羅娜突然朝凡卓斯用力一推，掙脫了對方的壓制，反過來使力將凡卓斯推倒在床上。

「你以為，區區一點親密行為就能阻擋我成為你御主的決心？」

被羅娜強行推倒在床上，凡卓斯一臉訝然。他不明白地睜大雙眼，遲疑又困惑地問：「鄙人不明瞭……您為何非要做到這種地步？您都說了，鄙人不過是最低階的N級式神……」

「我這叫有遠見。」羅娜站起身來，將兩腳跨在凡卓斯的身體兩側，以居高臨下的姿態看著凡卓斯：「你曾經是SSR等級對吧？」

羅娜蹲下身來，直接跨坐在凡卓斯身上，一點也不避諱害羞。

「雖然你目前只是個N級式神，但我聽人說過，曾經是SSR等級的式神，因某些原因而降為N級，只要御主能找對方法或透過某種契機，N級式神也能重新回到SSR的等級。」羅娜一邊說著，一邊揚起嘴角，充滿自信：「也就是說，你是SSR的潛力股！」

當羅娜說完這段話，還頗為自豪地哈哈大笑了兩聲。

凡卓斯起先一愣，回過神來便露出了摻雜著一點苦笑的表情，低聲回應：「您還真是……有趣的一個人呢。」

「唔，你這是貶我還是褒我啊？我跟你說，等你正式成為我的式神後，會知道更多我這個御主有趣的地方。」羅娜先用狐疑的眼神盯著凡卓斯，隨後話鋒一轉，再度變得自信滿滿，拍了拍自己的胸口。

「是嗎……那麼，鄙人還真有點開始期待了呢……」

凡卓斯眼簾低垂，淺淺的苦笑仍懸掛在嘴邊，不過很快就消失不見，又變回平時愁眉苦臉、楚楚可憐的表情。

「那你說，該怎麼進行儀式？」

羅娜雙手抱胸，認真地問向凡卓斯。

「其實……很簡單。」

凡卓斯緩緩地舉起手，這不過是一個看似簡單的動作，不知為何看在羅娜眼中，就是多了一股難以言喻的優雅與……魅惑。

凡卓斯的手，先移到了羅娜的右肩膀，將她垂下來的髮絲往後一撩。再將手往上舉，滑過羅娜的右臉頰，溫柔地撫上羅娜的臉：「若您相信鄙人的話……您無須想太多，只要順應著本能就可以了。」

凡卓斯壓低嗓音道：「您只要將身心放鬆交給鄙人，鄙人就能帶給您最棒的感官體驗……並在歡愉之中完成契約。」

「只要……將身心放鬆交給你嗎……」

羅娜的眼神忽然變得恍惚迷濛，好似聞到一股淡淡的香味，這像是花的香氣，繚繞著羅娜的嗅覺感官。

「御主大人啊……是的，請交給鄙人吧。」

凡卓斯的聲音宛若紅酒般迷人醇厚，一入口，就讓人不由得想要再品嘗一口。羅娜整個人感覺有些飄飄然，說不上為什麼，隱約聞到的幽香，讓她的雙手不自覺地垂放在凡卓斯的胸膛上。

「那就交給你了……凡卓斯……」

羅娜用著輕飄飄的聲音回應著，她的手則彷彿下意識地開始動作，替凡卓斯解開衣襟。

羅娜眼神迷濛，看著凡卓斯露出越來越多的春色。

凡卓斯胸前的風光一覽無遺，胸膛飽滿壯碩，略微黝黑的肌膚透著一點光澤，使他的身材看起來格外可口，如同巧克力般彷彿一咬下去就能嘗到甜蜜。

除了胸肌，凡卓斯的腰身曲線也相當好看，像是精心雕刻過的藝術品，起起伏伏的腹肌線條同樣迷人。

這一瞬間，羅娜忽然有些驚醒過來，她先是在心底驚呼自己什麼時候脫了凡卓斯的衣服。她愣愣地看著凡卓斯的胸膛，一時間還沒反應過來，就又聽到凡卓斯的聲音：「請您開始儀式吧，御主大人。只要您開始後，就將一切交給鄙人……您只需等著看我們的契約儀式完成。」

「對、對喔，要開始儀式，我怎麼都忘了？剛剛到底發生什麼事啊……」

羅娜終於從不知所措的暈眩裡稍微回神過，趕緊釋放出靈力，運行契約儀式。其實和不同的式神締結契約，沒有固定的形式，主要是將兩人的靈力交融、心靈相通。

只要正式契約完成，式神就能在御主體內來去自如，但也必須隨時受到御主的命令驅使，更有式咒這樣的強制約束。

此時，羅娜漸漸感受到來自凡卓斯的靈力，正緩緩流入自己的身體。羅娜還是很困惑，方才自己為何像失了魂一樣，一回過神就發現自己解開了凡卓斯的衣襟。

當羅娜思考著這個問題時，在自己身下、躺在床上仍沒打算起身的凡卓斯再度緩緩舉起了手，將垂盪在羅娜耳鬢前的青絲往耳後一撥。

「御主大人，您在想什麼呢？不是說好，一切交給鄙人就好了嗎？」

「呃，好像有這麼說過……」

不過是一個小小的動作，羅娜卻為此再度漏了一拍心跳，接著又聞到了那股淡淡的奇特花香。

「那就別再分神，好好專注完成您身為御主該做的事吧。」凡卓斯順著羅娜的耳鬢輕輕地撫摸，挑起羅娜的下巴。

「只要專注做好御主該做的事……可、可是我總覺得奇怪……」

本來眼神又變得朦朧起來，但下一秒羅娜似乎又清醒過來，只是她話還沒說完就突然被凡卓斯一手抱住。

「您什麼都不用想，御主大人。」

凡卓斯將羅娜壓倒在自己胸膛上，讓她的上半身緊貼著自己，羅娜側著臉貼在對方肌膚上，來自凡卓斯胸口的心跳鼓動聲都聽得一清二楚。

「如果還有心思亂想，那就聽聽鄙人為您而搏動的心跳聲吧。」

伴隨著凡卓斯的話音，羅娜半強迫聽著對方撲通撲通的心跳聲。

好似共鳴一般，羅娜一邊聽著凡卓斯的心跳，自己的心臟也跟著一起合拍，兩人的心跳交織成一首曲子似地，在羅娜的腦海裡合奏，環繞於耳膜之中。

和凡卓斯緊緊相依，羅娜覺得自己變得十分奇怪。這種情況下，她應該反抗起身吧？可是不知怎麼搞的，她總是會依順著凡卓斯的意思，就好像凡卓斯才是操控命令自己的人……

不管了，反正靈力交流過的程沒有問題，她只需做好自己身為御主的本分即可。

這種莫名的寧靜，讓羅娜有點不習慣，不過她也同時心想，原以為會多麼激情四射呢……沒想到只是這種程度而已，還說什麼淫亂之神……

「御主大人，您是不是在想，只不過是這點程度而已呢？」

凡卓斯突然冒出的聲音嚇了羅娜一跳，羅娜吃驚地回應：「咦！你已經可以聽到我腦海裡的聲音了？」

「其實早就可以聽到了呢，但為了避免打擾御主大人，鄙人才遲遲沒有出聲……只是既然得知了御主大人的想法，那麼鄙人也不能不表示了。」

「那、那個……凡卓斯你別誤會，我沒那個意思，你就讓我這樣靜靜躺到結束……」

「您都那樣想了，鄙人怎能無視呢？」

凡卓斯直接打斷羅娜的話，羅娜疑似感覺到危險，打算趕緊起身之際，凡卓斯的手再度襲來，這次直接按住羅娜的後腦勺，讓她無法坐起來。

「凡、凡卓斯你放手啦……！」羅娜被壓得有些喘不過氣，話說這個姿勢也太害羞了。真是奇怪，不久前還沒有覺得不好意思，到底發生了什麼事啊……

「原來鄙人之前過於擔憂了，以為御主大人是個很清純的少女，但看樣子並不是那樣呢……」

凡卓斯一手壓制住羅娜的後腦勺，羅娜原以為他的另一手會對自己毛手毛腳，萬萬沒料到，對自己展開行動的卻非凡卓斯的手。

「讓御主大人您體驗一下另類的刺激吧，想必讓閱人無數的您也會有耳目一新的感受。」

「我說你是不是誤會了什麼！我才沒有閱人無數！」羅娜積極地想要澄清，但顯然凡卓斯完全沒有把她的話聽進去。下一秒，來自身體下方的奇特感受，一瞬間就將羅娜的注意力轉移過去。

一種毫無溫度的東西碰觸到自己，比起凡卓斯那帶點體溫的手，這玩意完全沒有溫度。她嚥下一口口水，心裡有種不好的預感，將視線慢慢地往下移動……映入眼簾的畫面，幾乎讓羅娜驚呼出聲。

「這、這是……！」

羅娜簡直難以置信自己看到了什麼，兩條青綠色的藤蔓竟從凡卓斯的手臂裡竄出，緩速地朝羅娜的大腿蔓延而去。

「御主大人，您不是想要特別一點的遊戲嗎？這樣，您覺得如何呢？」凡卓斯低聲地詢問羅娜。

羅娜馬上回應：「我才沒說過那樣的話！這實在是太糟糕了，原來你是觸手 Play 的愛好者嗎！」

羅娜想要立即起身，心知不能繼續坐在凡卓斯身上，腦海中大作的警鈴要她快點逃開。只是凡卓斯早就料到她的掙扎，綠色藤蔓迅速地纏上羅娜腰身，緊緊地將她捆綁住，使她一時間難以掙脫，只能繼續側躺在凡卓斯身上。

「凡卓斯你快放開我……！」

自由被控制住的羅娜，沒好氣地對著凡卓斯叫著，雖然契約儀式仍在進行，但凡卓斯此時的作為讓羅娜一度想要中止契約。

「御主大人，這難道不是您想要的嗎？您前面不是說原本那樣很無趣？鄙人只是應您的要求而改變方式來滿足您而已。」凡卓斯垂下眼睛，好似非常委屈，說得好像他只是想讓羅娜高興而改變作法。

一時間，羅娜無法分辨凡卓斯這一席話是發自內心，或只是出色的演技？如果是前者，某種層面上來說還真是可怕，因為這代表著凡卓斯雖為淫亂之魔，心思卻過於單純。就好似一隻只想討主人歡心的鬥犬咬傷了主人，卻以為主人很開心一樣。

羅娜想要改變凡卓斯的想法跟行為，可是現實層面她根本做不到。她只要表現出一點點想要掙扎的意圖，就會被凡卓斯的藤蔓勒得更緊。羅娜正苦惱著該如何改變局勢的時候，藤蔓已經開始往上攀爬，鑽進她的裙襬之內……

「唔！」

被觸碰到了禁忌的敏感部位，羅娜的身體忍不住一顫。她的瞳孔微微收縮，身體僵直，難以控制地顫抖起來。她現在已分不清這究竟恐懼，抑或是一種……緊張的期待？

不對啊，她為什麼要期待？

這種事壓根不需要期待，天啊，她的腦袋果然不正常了！

一、一定有什麼因素讓她變得格外不像平常的自己！

「御主大人，只差最後一點點了，再一下下我們就能完成契約了。」

凡卓斯的聲音傳入羅娜耳中，同時藤蔓那略微粗糙的觸感，此時正緩慢地在羅娜裙內恣意遊走，讓羅娜感到莫名焦躁難耐。

同時，越貼近凡卓斯，那獨特如花香的芬芳就越是濃郁，聞著聞著，這股香味瀰漫充斥著羅娜的嗅覺神經，不知不覺，她緊繃的身體又漸漸放鬆下來。

「御主大人，請您依偎著鄙人吧，讓我們的身心從此合為一體……」

「合為……一體……」

低聲呢喃，羅娜恍恍惚惚地重複著凡卓斯的話，眼皮也惺忪沉重起來。同時，青色藤蔓已經將她的雙腿一圈圈纏繞住，繼續往上竄升來到羅娜外衣。藤蔓捆過的地方剛好勾勒出她美麗的身形，將她的腰身和胸前的曲線強調得更為明顯。

此時的羅娜雙眼朦朧，再也無法抗拒凡卓斯在自己身上的所作所為……

反觀凡卓斯，他的嘴角再一次地微微上揚。

第九章

Scepter of Rose King

「醒醒，羅娜。」

熟悉的男性嗓音傳入耳內，羅娜皺了皺眉頭，終於緩緩睜開沉重的眼皮。

實際上，早在羅娜清醒之前，這樣的呼喚已經不知重複了多少次。

「巴哈……姆特？」

一睜眼，所見的是巴哈姆特那張再熟識不過的臉孔。

「怎麼？見到是本龍王覺得不滿意是不是？」巴哈姆特坐在床邊，冷冷地看著羅娜。

「不是這個意思……只是我有點反應不過來，我不是在跟凡卓斯進行契約儀式嗎？怎麼會突然失去意識，然後……」羅娜試著努力回想了一下，事情發展好像應該……

「娜娜醬妳聽我說！說到凡卓斯那傢伙，我們就一肚子氣！」巴哈姆特還沒出聲回應，另一道同樣令羅娜熟悉且略帶稚氣的聲音突然傳出。星滅從床的另一側冒了出來，一副不甘心的表情讓羅娜感到十分困惑。

「娜娜醬，妳知道嗎？那傢伙居然想趁妳進行契約儀式的時候——打算徹徹底底吃了妳耶！」星滅一臉認真又浮誇的表情對著羅娜說道，看起來就像在打小報告的小朋友一樣。

「吃了……我？」羅娜又是一臉納悶。

「哎唷！不是那個吃而是那種吃啦！」

「小子，你那樣說，以羅娜遲鈍的腦袋是不會聯想到的。」巴哈姆特打斷星滅的話，轉而代替星滅向羅娜解釋：「那小子的意思是，凡卓斯想要把妳吃乾抹淨，簡單來說，就是得到妳的肉體。」

「什麼？得到我的肉體？」羅娜一時間有些愣住，雖說狀況好像有那麼一點危險，可是沒想到差點真的要被奪走貞操？

可是，該怎麼說，大概是知道那傢伙曾經被人以淫亂之神敬拜的緣故，好像可以理解……但又忍不住有些憤怒。

那也不能來陰的啊！

這顯然是凡卓斯想讓自己睡著之後再動手吧？

「是，雖然被我們及時阻止了。」星滅做出一副「感謝我們拯救妳吧，娜娜醬」的得意表情。

「凡卓斯那傢伙呢？在哪？我要好好揍那傢伙一頓。」羅娜迅速地從床上爬起，打算下床找人算帳。雖然她有感應到凡卓斯的氣息，不過卻完全感覺不到對方的動靜。

從能感應到氣息這點來判斷，契約應該是完成了，那傢伙也確實成為了自己的式神。

「我的百合花，那種人不值得讓妳的出手。」法哈德的聲音終於出現，同時他也一如既往、優雅地緩步走向羅娜。

「法哈德？你的手怎麼……好像沾到什麼紅色液體之類的……」羅娜注意到法哈德的雙手好似沾著幾滴鮮紅的液體。一轉身，羅娜發現不止法哈德，就連星滅和巴哈姆特的手上也都殘留一點點紅色的痕跡……

「我的百合花，如果妳想找凡卓斯的話，他就在隔壁房間。只不過……」法哈德欲言又止，視線分別看向巴哈姆特和星滅，這三人之間詭譎的氛圍讓羅娜感覺很是奇怪。

「你們該不會……」

「噓，娜娜醬什麼都不用說，去看了就知道。」星滅賊賊地笑了笑，隨後便看著羅娜走向隔壁房間。

門一開，羅娜幾乎快要暈了過去——

「你們是存心要把我新收的式神打死嗎！」

映入羅娜眼簾的景象，正是凡卓斯幾乎被全身扒光地倒在地上，渾身是血且奄奄一息。

「娜娜醬，我們這是在保護妳呀。」星滅雙手插在口袋裡，訕訕地笑著。

繼星滅之後，巴哈姆特也接著說：「就是說，我們只是讓那個新來的知道……」

「我們的百合花……我們得不到的他也想都別想呢。」法哈德站在羅娜背後，其高大的身影莫名地壓迫著羅娜。

看著眼前倒在地上的凡卓斯和身邊環繞的三名殺人凶手（？），羅娜頓時有種：是不是哪天自己被三名式神幹掉也沒什麼好意外了啊？

聖王學園的第一學期已經展開了一段時間，羅娜也和其他一年級同學一樣，各自在校園內學習不同的科目。

花嫁系，這是羅娜從未設想過的科系。但既然都已經被挑選中，除非申請退學，否則沒有任何轉圜餘地，羅娜也只得勉勉強強接受這個學系的訓練。每每要走進花嫁系的教室時，羅娜都用羨慕又哀怨的眼神看向其他人，對她來說，好像除了花嫁系以外，任何科系都可以啊……

只是這個想法，隨著一次次課程下來，開始有了不同的結論。

花嫁系——

根本就不是人念的科系！

某種程度來說，是所有科系裡最複雜、最艱難、最痛苦的也不為過！

「花嫁系，不僅要讓外在變得更為美好，達到完美新娘的水準，其內在也必須具備各種能力與技術，內外條件缺一不可。」

花嫁系的大前輩，安倍學姐在上課第一天就來對系上所有學妹們精神喊話，並且留下一句強而有力的箴言：

「花嫁系——就是要讓妳們達到盡善盡美的境界！」

起先，聽見安倍說這句話時，羅娜還不以為意。心想不過就是新娘培訓而已嘛，有需要做到這種地步嗎？

但很快的，接下來每一天的課程，都一次次地顛覆了羅娜的認知。

整個上課的過程，就像遊戲一般，第一天的課就好比在新手村。

「第一堂課就讓我們來上最基礎的美姿美儀吧！」美姿美儀課的教師拍了拍手，對著臺下所有花嫁系的同學笑容滿面地說道。

美姿美儀對羅娜而言沒什麼難度，雖然一天下來，因為練習走路姿勢以及正確坐姿、站姿等等而腰痠背痛，還一直聽老師說「先把外在的儀態練好，整個人氣質就會不同，好的儀態才更容易獲得稱讚與尊重」「五官輪廓是天生的，但我們可以用化妝技術來改變」等等諸如此類的喊話。

對羅娜來說，作為一個女漢子，面對這些課程還真是十分枯燥乏味。

第一個禮拜的課程就這樣過去了。第二個禮拜到第三個禮拜的課程，則像是踏出了新手村，正式進入草原打小怪。

這時，花嫁系的課程有了轉變，除了學習一些生活上的技能外，好比如廚藝、插花、裁縫等等，還多了一門「瀑布修行」。

「各位花嫁系的同學，這是一門磨練妳們心性的課程！」赤裸上半身的男老師雙手交叉背在背後，抬頭挺胸地站在瀑布旁邊，對著在他前方的同學大聲說道。

順帶一提，這座瀑布是聖王學園校區內的一座人造瀑布。即便是人造，但湍急的水流和壯麗的景致完全不輸自然瀑布。

就連水打下來的痛楚也是數一數二，這是來自花嫁系學姐們給的過來人經驗談。

這天，羅娜和其他同學一樣都在瀑布前等待所謂的「訓練」，卻剛好看到另外一個科系的學生也來到這裡，似乎打算一起進行共同課程。

「小安？怎麼她怎麼也來了？」

羅娜轉頭就看見人群中的安莎莉，她記得安莎莉是學者系，她實在不太明白為何學者系也要來到瀑布這裡。

這個疑惑，在看到學者系自由行動後，她終於有機會把安莎莉叫來問個究竟。

「小安！」不能叫太大聲以免被老師發現，羅娜只得壓低音量，急切地叫住安莎莉。好在安莎莉很快就發現羅娜，她先看了看四周，接著便快步來到羅娜旁邊，暫時裝作自己也是花嫁系的一分子。

「羅娜同學妳找我有什麼事啊？」

「我只是好奇啦，妳不是學者系嗎？為什麼要來到瀑布這裡啊？難不成也要跟我們一樣進行什麼瀑布修行？」

「瀑布修行？呃，這倒不是啦，我們教授是說，要我們來觀摩這座瀑布的美，以及找出當初建造這條人工瀑布成功的祕訣在哪裡，晚一點回去進行討論。」

「還真是家家有本難念的經，這也是強人所難的題目吧……」聽了安莎莉的回答後，羅娜不禁搖了搖頭。

「對了，有一件事情我一直很納悶，我可以問妳嗎？」

羅娜突然話鋒一轉，安莎莉眨了眨眼睛，有點意外地回應：「可以呀，羅娜同學想問我什麼？」

「就是……妳看啊，現在正在瀑布裡修行，示範給我們這些學妹看的人是誰啊？」

羅娜將視線移向前方瀑布，在不斷傾洩而下的銀色飛瀑之中，有一道人影。她正坐在石頭上，打直身子，閉目養神地接受瀑布的沖刷。看在他人眼中，她就像是修行僧，接受著這份艱苦的鍛鍊，認真的神色讓在場學妹們無不敬佩。

同時，這也是她們花嫁系今日「瀑布修行」的課程內容，基本上花嫁系的每一位一年級學生都要上場接受訓練。

但羅娜此刻在意的，並非這種磨人的訓練，而是正在裡頭作為示範的某人。

「小安，那個是安倍學姐對吧？妳家那位很厲害的姐姐。」羅娜一邊看著在瀑布裡待了半小時仍不為所動的安倍，一邊問向身邊的安莎莉。

「唔，那……妳想問什麼？」安莎莉先是一愣，接著有些小心翼翼地探問著羅娜。

羅娜早就發現，每次只要跟安莎莉提到安倍，安莎莉馬上就會繃緊神經，這點來看，還真不像是親姐妹會有的反應。

「妳看，她不是換穿上泳裝了嗎？但是我聽說啊，就是那些同學說的啦……」羅娜越說越小聲，並湊到安莎莉耳邊低聲說：「很多同學都在討論，安倍學姐從來不跟大家一起更換泳裝。或許是害羞吧，但是，還有一點也很奇妙……」

羅娜蹙起眉頭，雙眼微微眯起觀察前方的安倍，「安倍學姐的泳裝是短褲跟連身上衣，而且學姐的肩膀好像……有點寬？胸部也太平……雖然我沒什麼資格講就是了。只是，平常穿著制服還看不太出來……學姐某方面看來，還真像個男……」

「咳咳咳咳！」安莎莉突然咳起嗽來，打斷了羅娜的話。

「羅、羅娜同學，妳這人真是的，這種無聊的玩笑怎麼會從妳口中說出來呢？」安莎莉難得地板起臉，對著羅娜說道。

「哎，妳生氣啦？抱歉抱歉，我不該開這個玩笑……我只是想問問，安倍學姐是不是有潔癖或很害羞？這應該只有妳這個家人比較清楚才對？」羅娜見到安莎莉難得動怒後，趕緊改口。

「這個……嗯，她確實是滿重視個人隱私的……」

「這樣啊，我明白了，若是我再聽到那些同學這樣討論安倍學姐的話，我一定會幫妳們解釋。」

「嗯……謝謝羅娜同學……」安莎莉眼簾低垂，嘴巴上雖是向羅娜道謝，但羅娜還是看得出來，安倍的事情似乎還藏著什麼祕密。

羅娜在聖王學園的第一學期相當充實地過完了。

這段期間，她上了許多奇奇怪怪的花嫁系課程，也就是同學們口中戲稱的「戰鬥新娘修行」。好比如羅娜就搞不懂，為什麼當新娘還得增強戰鬥實力以及靈力？

是要謀殺親夫嗎？

是要爭奪遺產嗎？

羅娜實在搞不懂聖王學園針對花嫁系的教育方針。

開始上課以後，羅娜常常忙到一回到宿舍就睡死，和式神之間的互動比還沒入學時減少許多。

特別是巴哈姆特，她自己也有注意到，自從擁有四名式神以後，總覺得和那頭老龍王有那麼一點……疏離？

好不容易今晚有點自己的時間，上完一整天的課程還不算太累，羅娜拿著一瓶紅茶跟一罐啤酒……那頭老龍王以往最喜歡喝著啤酒，不客氣地當著她面前打著嗝與自己聊天，直到兩人都入睡。

莫名地想念起那個時候，想念起身邊別無他人，只有和巴哈姆特相依相伴的日子……可是這句話，羅娜有點羞於啟齒。

她知道情況已經和以往不同了。自己所懷念的，是只有單純作為伙伴的時光，那時她還可以縱容自己向巴哈姆特盡情撒嬌，向他耍賴地說要躺大腿，毫無顧慮地在巴哈姆特的懷抱中睡著。

可是如今，巴哈姆特已將心意明白地告訴自己。而在和法哈德假結婚後，巴哈姆特看似沒事，但羅娜還是感覺得出來，對方看著自己的眼神總帶著一點心酸與無奈。

巴哈姆特以為她沒有發現……實際上羅娜都看得出來，這段期間，巴哈姆特在各方面都與自己保持一段距離。

每每一個不經意地回頭，羅娜就會見到來自巴哈姆特那道略帶惆悵與憂愁的視線。

羅娜心想，她得把巴哈姆特找出來，好好聊聊。

無論是為了敘舊，還是為了改善兩人之間的關係，羅娜都認為有必要這麼做。處理好和式神的關係，也是身為御主很重要的責任。

雖然羅娜已經預先想過了，可能會被巴哈姆特一如既往地質問：「妳是以御主的身分來找本龍王？還是以想成為情人的身分來找本龍王？」

僅僅只是預想一下這個問題……羅娜的兩頰就不禁微微泛紅發熱起來。

不行不行！

她怎麼光這樣想就害臊起來？

這麼一來，要是真的面對巴哈姆特這麼問時，又該如何是好！

用力地搖了搖頭，羅娜深吸一口氣調整好情緒，往陽臺前進。她記得，不久前好像看到那頭龍王是往陽臺……

「巴哈姆特，我就直說了，你待在百合花身邊……不，我們的御主身邊，若出不了什麼力，也請不要讓她擔心。」

先是聽到一道熟悉的聲音，羅娜緊急停下腳步。

「你憑什麼認為本龍王出不了力？而且本龍王又讓她擔心什麼了？」巴哈姆特的聲音接著出現，不悅地反問法哈德。

「有我在，你認為你這個R級式神有什麼用處？不，應該說，只要有我在，你們都沒有用武之地……那個N級式神就更不用說了。」法哈德說得直接且充滿較勁的意味。

在旁偷聽的羅娜，忍不住倒抽一口氣，心想法哈德怎能這樣對巴哈姆特說？

不對，是壓根不能這麼說！

「還真是高傲啊，也不想想自己身上的嫌疑也未完全洗清，你以為真沒人懷疑你了嗎？你可別忘了，在找到明確的證據之前，你都還是有嫌疑。」巴哈姆特也不甘示弱，既然對方直接挑他的弱點下手，他也用不著對法哈德手下留情。

「關於嫌疑，我總有一天會找到實質的證據。但這段期間，你就是一個沒實力又讓羅娜擔心的存在，該退休了，年邁的龍王。」巴哈姆特的攻擊似乎對法哈德起不了太大作用，他用低沉又冷冰的語調反駁，最後還冷不防地反擊。

「哼，說那麼多，本龍王一點也不需要羅娜擔心，她該擔心的人是你這個魔王！」

「是嗎？你是真看不出來，還是故意逃避不看？難道都沒發現羅娜最近看你的眼神總帶著擔憂嗎？」

法哈德說完這句話後，便轉過身背對巴哈姆特，「好好想一想，誰才是羅娜真正需要的式神。」

話音落下，法哈德的身影轉瞬消失在陽臺上，只留下一臉糾結凝重的巴哈姆特。

「本龍王……真的讓她如此擔心嗎……原來本龍王，對她已經無法再付出什麼了嗎……」巴哈姆特眼簾低垂，聲音略帶沙啞，拳頭緊握且微微顫抖。他深深地嘆了一口氣，這時突然聽到屋內傳來一道聲音。

「糟了……！」

原來是羅娜在陽臺窗簾後面聽得太過入神，一不小心踢到了旁邊的櫃子，發出了聲響。

刷的一聲，巴哈姆特將窗簾拉開，只見羅娜一臉錯愕地站在他的面前。

「那、那個……我剛好路過而已……」羅娜尷尬地笑著。

「……妳真以為本龍王如此不懂妳嗎？」過了一會，巴哈姆特才沉著臉反問。

羅娜一時間又愣住，但見巴哈姆特又是一聲嘆息，沒有再多說什麼，只是走進屋內與羅娜擦身而過。

羅娜則站在原地，手裡拿著的啤酒早已褪去冰涼，像哭泣一樣不斷流淌著水滴。

不尋常的詭譎氣息，是這裡的環境給人的印象。即便室內燈光明亮，一點也不陰暗，卻仍揮不去那種令人胸口窒悶的陰鬱。

說不上來，這是他每次來到這裡最不喜歡面對的事情之一。

深呼吸，這也不是第一次了。他告訴自己要冷靜，既然做了這樣的決定就不能後悔，更不能慌亂。

儘管有好幾次想要抽身的念頭，但到最後還是打消了。

「你來了啊，剛從聖王學園過來吧？看得出來你一路風塵僕僕。」

明亮的女性嗓音率先傳來，聽到聲音的人抬頭一看，前方螢幕上便跳出女海妖的圖騰。

「皇后——您還是一如既往地敏銳。」他低下頭，向螢幕前方行了個禮。

「我們就省去不必要的客套，直接切入重點吧。你來是為了告知我目前聖王學園裡的情報，對吧？」被稱為「皇后」的人直接切入重點。

「是，據我所知，應該再過一星期，聖王學園就要進行新一屆的學生會長改選。」

「終於到了嗎……聖王學生會長改選，這對塔羅來說，可是一件必須插手的事呢。你知道該怎麼做嗎？」皇后問向螢幕前聽著她說話的人。

「是，我知道該怎麼做，我會去聯絡『她』的。」

「『她』可不好遊說，就連當初我們也在她身上花費了不少心力，你確定可以？」

「是，若我沒那個自信，就不會跟您主動提起這個了。」被皇后質問的人正色地回答。

「很好，我就是喜歡聽到這種答案。」皇后顯然很滿意，「這件事就交給你去辦了，有需要塔羅的力量時，隨時跟我報告。話說回來……」

皇后像是想到什麼，停頓了一下後又說：「是該給你一個稱謂了吧？近期關於聖王學園的種種行動跟情報，你貢獻良多。」

「比起稱謂，我只要您確保到時候能給我我應得的報酬，這就夠了。」

「嗯，還真是心心念念呢。放心吧，當初說好的交易，不會食言。不過，我還是想給你一個稱謂。」

隨後，皇后丟出了一個稱號：「就叫你『隱者』吧，挺適合現在的你。」

「……是，既然您堅持，那我也就接受了。」

在這一瞬間有了新稱號，塔羅中的「隱者」，在螢幕上的女海妖圖騰消失後，便轉身離開這間會議室。

「『隱者』……嗎？還真是諷刺呢。」

在電梯門關上的剎那，他喃喃自語地說出這句話。

最近聖王學園內氣氛熱鬧，到處都可以看見宣傳海報或標語，以及正在忙著張貼傳單的人們。

再過一個星期，就要正式展開聖王學園的學生會長選舉週，下禮拜將會有正式參選名單出爐。

聖王學園的學生會長選舉並無太大限制，各年級的學生皆可自行報名參加，目前為止，已經有幾名學生表示已登記參選，並且提前宣傳開跑。

羅娜走在校園中，看著那些競選海報，露出滿不在乎的表情。

她搞不懂，為什麼那麼多人想要參選？學生會長能有什麼好處？不就是吃力不討好的工作，只適合喜歡展露鋒頭的人做而已。

正當羅娜不以為然地想著時，後頭傳來一道雖然熟悉，但她一點也不想聽到的聲音。

「嘿，吊車尾的！」

「怎麼又是那傢伙……」

羅娜沒好氣地翻了個白眼，根本不想回頭，但對方早已興致高昂地快步繞到她面前。

「我說妳，是沒聽到我叫妳的聲音嗎？別想無視我啊，吊車尾的。」王任一手扠腰，一手直指著羅娜。

「你想幹嘛？長話短說，我很忙。」已經被逮到了，只好聽對方把話說完，羅娜無奈地想著。

「哼哼，妳現在一點都不忙，等聽完我的話後才會變得忙碌起來。」王任雙手抱著胸，依然趾高氣昂。

「所以呢？」

「所以，妳就和我一起參加學生會長的選舉吧！」

「哈啊？」

羅娜差點以為自己聽錯了，為什麼她突然被點名參選啊？果然，想當學生會長的都是這種自以為是之人！

「當然，我是學生會長，妳是我的副會長！怎樣？很棒吧？還不快點感謝我賞賜妳這個機會！」志得意滿、一鼓作氣把自己要說的話說完後，王任開心地大笑起來。

「……神經病。」羅娜板起臉來，一點也不客氣地直接潑了對方一桶冷水，隨後掉頭就走。

「喂！妳、妳給我站住！妳這吊車尾的女人！居然不懂得珍惜我給妳的機會！」王任的聲音雖大，但羅娜早就走遠，根本傳不進她的耳中。

走了一段距離，羅娜瞥了一眼附近的宣傳海報，不禁碎念一句：「到底都是為了什麼想選學生會長啊……」

突然，口袋裡的手機開始震動，打斷了羅娜的思緒。她拿出手機一看，來電顯示是來自校長辦公室的電話。

「喂？我是羅娜，請問找我有什麼事？」

「羅娜同學，這裡是校長祕書，通知妳校長想請羅娜同學到校長室一晤。」

「校長找我？是什麼事啊？喂？喂喂？」

還沒等羅娜把話問完，另一端已經結束通話。

「所羅門校長找我幹嘛啊……不會是賽菲已經找到內奸了吧？」羅娜一臉狐疑，連忙前往校長室。總之，所有的疑惑等到校長室時，就能真相大白了。

「報告，聖王學園一年級，羅娜報到。」

「羅娜同學辛苦了，臨時找妳過來不知道有沒有麻煩到妳？」

一進門就見到所羅門校長坐在辦公桌後面，一如既往優雅地出現在羅娜面前。

「沒事，我剛好結束一件棘手的事情。校長，請問找我有什麼事嗎？該不會是賽菲他已經找到……」

「的確是關於賽菲，但並非是他找到了內奸。」

「那請問是為了什麼？」

既然不是為了那件事叫她來，又是為了何事？而且還與賽菲有關？

很快地，所羅門校長回應道：

「羅娜同學，我希望妳和賽菲同學能夠搭擋——一同參加本屆學生會長選舉。」

尾聲

Scepter of Rose King

深夜時分，只剩一盞夜燈微微點亮，整個空間彷彿萬籟俱寂。

一道身影輕輕來到羅娜床前，他注視著熟睡中的羅娜，靜靜地看著。他本想伸出手，朝羅娜熟睡的臉龐輕輕一摸……但他最後仍沒有那麼做。

懸空的手握成拳頭，掙扎似地收了回去。

隨後，他深吸一口氣，便轉身離開了羅娜床邊。

到了宿舍外，月黑風高，只有冷風迎面吹著他的臉。他抬起頭來，望著遠方被烏雲逐漸吞沒的月牙。

眼神中飽含五味雜陳的情緒，無數思緒在他腦海裡竄動，直到現在，他仍懷疑著自己這份決定是不是正確的。

只是沒有時間讓他多想了，邀他出來的人已經出現在他面前。

一道與羅娜極為神似的身影，在黑夜之下，慢慢地朝他走了過來。儘管和羅娜如此相似，但那高傲冷冽的氣質和火紅的雙眼總能告訴他，這個人不是羅娜。

「我就知道你會赴約，巴哈姆特。」

對方輕輕甩動一下黑色長髮，火紅色的雙眸直直地盯著他。

「長話短說吧，宥娜。」

巴哈姆特佇立在黑夜之中，風在這時變成了逆向，將他一頭銀色長髮往前吹拂，彷彿要前往宥娜所在的地方。

——《少女王者04》完

後記

Scepter of Rose King

來到《少女王者》第四集的後記了！

若無意外，我們將在下一集迎接這個系列的完結篇，如此一想，寫這篇後記的時候，就有點不捨呢。

其實啊，有時候後記還真不知該寫什麼……（喂），套用某老師說的話：後記實際上需要寫一個月這麼久呢！（不要亂牽拖）

還是來談談這部作品吧！

畢竟都快完結了，不過一樣不能先看後記喔，不然會被劇透的（笑）。

本次在第四集中，新增了一名新人，雖然新人的故事目前還不算多，而且下一集就要完結了，不知道還能寫多少……（抓頭），不過他的出現也算是必然，下一集有可能取代某個角色在羅娜團隊裡的位置，這樣講是不是算明顯劇透了？

每次在寫一個新登場的角色時，不知道大家有沒有這樣的經驗？就是常常和一開始設定的版本相去甚遠。這位凡卓斯，起初的設定是個黑肉傲嬌，對羅娜非常厭惡，而且還趾高氣昂。沒想到寫著寫著，真的寫到他出場時，就完全變成另一個人啦！

百依百順，還有點自卑，但又是淫亂的代表（？），被我寫得像是會勾人魂魄的小媳婦一樣……不只和一開始的人設不同，還徹底相反了。不曉得大家比較喜歡原本的設定？還是現在這種感覺呢？

帝柳自己覺得，寫一個有點M傾向而且還是淫亂黑肉的角色，已經有點激起我想要凌虐他的欲望……咳咳，我什麼都沒說。

談完本次新登場的角色，再來談談主角們吧！

這次，羅娜完成了她的「假結婚真破災」，雖然好像看似沒有太大改變，就連羅娜自身也沒發覺到哪裡不同，但我想還是有的，至少安莎莉有察覺到些微的轉變不是嗎？

再來是巴哈姆特，這回巴哈姆特最後的決定，大家猜到了嗎？

就算猜不到也沒關係，下一集就會給各位答案了。

巴哈姆特在本集由於法哈德的關係，加上對自我的要求，使得巴哈姆特的內心充滿了糾結與煩悶。可這份連自己都梳不開的結，巴哈姆特是很難跟羅娜開口訴說的。

再說，巴哈姆特曾經是不可一世、SSR等級的龍王，只是現在並非處於全盛時期，那份高傲跟強烈的自尊心仍在，讓巴哈姆特更不可能去跟羅娜傾訴。

因此兩人之間才會有嫌隙跟誤會……進而讓巴哈姆特有了其他的想法。

某種層面上來說，其實我滿心疼巴哈姆特的，但……越心疼就越要虐他不是嗎？嗯？沒有這種說法嗎？

最後，沒錯已經來到後記的尾聲了！

終於詞窮的帝柳（？），要再次向諸君說一聲：

非常感謝各位的支持與喜愛，歡迎到帝柳的粉絲團跟我聊聊天，談談心得。

還有還有！

粉絲團還會不定時舉辦抽獎活動！

經常關注的話，說不定幸運之神就降臨在你頭上囉。

我們下一集《少女王者》見！

帝柳

歡迎來帝柳的粉絲團聊天：

https://www.facebook.com/hedy690/

高寶書版集團
gobooks.com.tw

輕世代 FW314
少女王者04

作　　者　帝　柳
繪　　者　JNE*靜
編　　輯　任芸慧
美術編輯　林鈞儀
排　　版　彭立瑋
企　　劃　方慧娟

發 行 人　朱凱蕾
出　　版　英屬維京群島商高寶國際有限公司臺灣分公司
　　　　　Global Group Holdings, Ltd.
地　　址　臺北市內湖區洲子街88號3樓
網　　址　www.gobooks.com.tw
電　　話　(02) 27992788
電　　郵　readers@gobooks.com.tw（讀者服務部）
　　　　　pr@gobooks.com.tw（公關諮詢部）
傳　　真　出版部　(02) 27990909　行銷部 (02) 27993088
郵政劃撥　50404557
戶　　名　三日月書版股份有限公司
發　　行　三日月書版股份有限公司/Printed in Taiwan
初版日期　2019年9月

國家圖書館出版品預行編目(CIP)資料

少女王者 / 帝柳著.　-- 初版. -- 臺北市：高寶
國際出版：三日月書版發行, 2019.09-
　冊；　公分. --

ISBN 978-986-361-737-2(第4冊：平裝)

857.7　　　108013543

三日月書版

三日月書版

GOBOOKS
& SITAK
GROUP©

GOBOOKS
& SITAK
GROUP©